LETTERS FROM HEAVEN

Lydia Gil

LETTERS FROM HEAVEN

Lydia Gil

PIÑATA BOOKS
ARTE PÚBLICO PRESS
HOUSTON, TEXAS

Letters from Heaven / Cartas del cielo is made possible by a grant from the City of Houston through the Houston Arts Alliance. We are grateful for their support.

Piñata Books are full of surprises!

Piñata Books
An imprint of
Arte Público Press
University of Houston
4902 Gulf Fwy, Bldg 19, Rm 100
Houston, Texas 77204-2004

Cover design by Mora Des!gn
Inside illustrations by Leonardo Mora
Cover photo by Eloísa Pérez-Lozano

Gil, L. (Lydia), 1970-
   Letters from heaven = Cartas del cielo / by/por Lydia Gil.
      p. cm.
   Summary: Celeste is heartbroken when her grandmother dies, but when letters begin to arrive with her grandmother's advice and recipes, Celeste finds consolation in preparing the dishes for herself, her mother, and their friends. Includes six traditional Cuban recipes.
   ISBN 978-1-55885-798-8 (alk. paper)
   [1. Grief—Fiction. 2. Grandmothers—Fiction. 3. Cooking—Fiction. 4. Cuban Americans—Fiction. 5. Letters—Fiction. 6. Spanish language materials—Bilingual.] I. Title. II. Title: Cartas del cielo.
   PZ73.G4828 2014
   [Fic]—dc23
                                                            2014022875
                                                            CIP

Printed in the United States of America

October 2014–November 2014
Versa Press, Inc., East Peoria, IL
12 11 10 9 8 7 6 5 4 3 2 1

TABLE OF CONTENTS

To Güeli

1

CAFÉ CON LECHE

I'm sick and tired of everyone being so nice to me! I don't have to wait in line in the school cafeteria because my classmates let me cut in front. If I forget my homework, the teacher says I can turn it in the next day, no problem! At home, I've gone an entire week without making the bed or doing the dishes, and Mami didn't say anything. It's not that I became a superstar overnight. My grandma died last week and my friends seem to think that if they treat me nicely, I won't feel as sad. I don't know how to tell them it's not working. So I don't say anything. I move to the front of the line, grab a strawberry yogurt, sit myself down and eat in silence. But the silence never lasts very long.

"Can we sit down?" Karen asks.

I shrug my shoulders because it doesn't bother me, but being with them doesn't cheer me up either. These past few days everything feels the same to me.

"Do you want some grapes, Celeste?" Silvia offers.

1

"No, thanks," I say.

"Come on, Celeste, so we can synchronize!"

Synchronized eating. Our favorite sport. We take a bite at exactly the same time, open our eyes wide, raise our arms, spin around in unison, once, twice, sometimes three times . . . Our routines are quite elaborate—like synchronized swimming. Super fun! But not today. I'm not in the mood for games.

"Excuse me," I say bluntly, and leave the table.

◉ ◉ ◉

The day feels like it's never going to end. Math, Science, English, Social Studies, it all blurs together in my head and the only thing I can think about is my grandmother's green dress. Such a bright green, like grass after a good rain. Green was her favorite color.

"Green, how I want you green," she used to tell me so I'd eat my vegetables. She said it was a verse from a famous Spanish poet, Federico García Lorca.

"If your face isn't turning green, then you need to eat some more vegetables!" she'd add.

But I always licked the plate clean. Because my grandma's cooking, no matter what she made, was always the best in the world. At least for me it was.

The bell finally rings, so I run outside even though I'm not sure if anyone will be out there waiting for me. I stand at the corner looking in all directions, waiting to see who's going to pick me up today. Yesterday it was Doña Esperanza, our next-door neighbor. On Tuesday it was Lisa, my mom's friend with the long hair and no make-up—sometimes she even goes around barefoot! Ugh! Lisa picks me up on Tuesdays and Fridays, but sometimes she switches with Doña Esperanza. Mami, on the other hand, never comes. Well, she did come on Monday, because she was still off work for the funeral. But she had to go back the next day. Like she always says: "If you don't work, you don't eat." Although now that grandma's gone, you might say we don't eat much at all . . .

"Celeste, cross the street, *m'ija!*" Doña Esperanza yells at me from across the street.

"I'm coming," I say, but I cross the street slowly, as if my feet ached.

"What happened? Did you get hurt dancing or something?"

"I'm just tired," I tell her. "And I'm not in dance anymore."

"Eat some *tostaditas* when you get home and you'll see how fast you feel better . . . " she says. "Like your grandma Rosa always said, may she rest in peace, 'full belly: happy heart.'"

I keep walking as if I can't hear what she is saying. I want to talk to her, but nothing comes out.

When we get in the car, Doña Esperanza takes my hand and says: "I really miss her too . . . "

On the way home, I imagine that when I get there my after-school snack will be waiting on the kitchen table. Grandma always had a warm cup of *café con leche* and toast ready for me. But when she got sick, I had to learn to prepare it myself. She taught me

how to make it by using measurements, so that it would come out right every time.

"You have to measure the ingredients and not just go by sight," she'd say. "Otherwise, one day you might have a great cup of coffee, but the next day it might taste just like laundry water . . . "

Grandma loved her *café con leche,* even after she got sick. I'd take it to her room and rather than saying "thank you," she'd say, "This coffee is ready to be entered in a contest." But the last time I brought it to her, she drank it slowly and in silence. At first I thought she didn't like it and wondered if I'd messed up the measurements. But when she finished, she said: "Now, this cup takes first place!"

Café con leche

2 teaspoons of sugar
2 shots of strong Cuban coffee or espresso
¼ cup of milk

- Prepare the coffee very strong and let it brew over the two teaspoons of sugar.

- Heat the milk briefly in a separate container, being careful not to let it boil.

- Serve the sweetened coffee in a nice cup with a saucer. Gently pour the milk, stirring well.

2

CANGREJITOS DE GUAYABA Y QUESO

After the snack, I sit down to do my homework. Fractions again! Sometimes that's how I see my brain . . . divided into parts. A trick Grandma taught me is to think of fractions like the number of pieces you'd cut out of a flan: the number that would add up to a whole flan is the number on the bottom; and the number of pieces that I'm going to eat is the number on top . . . So it'd be something like $7/8$, because I always make sure to leave one piece for Mami.

The doorbell rings. I walk over to the window upstairs very quietly, making sure my footsteps don't make noise. I take a peek around the curtain to see who it is. I'm only allowed to open the door to Doña Esperanza or Lisa, because they know that I'm home alone while Mami is at work. It's the mailman. He's left a small package next to the door. When I see the mail truck turn the corner, I run to get it.

It's addressed to me! Even though it doesn't have a return address, the handwriting looks familiar. The script is elegant and light, and the words lean slightly to the right. The package has a weird shape: it's long and thin and doesn't weigh much. For a second I wonder if I should wait for Mami before opening it. But since it's addressed to me, I decide not to wait.

Inside the package there is another box wrapped in a paper bag with a note folded inside. I immediately recognize the handwriting. It's from Grandma!

> Dear Celeste,
>
>   I know you miss me as much as I miss you. Don't be sad. Where there is love, there is no sadness. Remember, just as everything comes, everything goes. It's the same with this sadness you are feeling.
>
>   While I may no longer be there with you, there's a way you can feel that we're still together. When you prepare the meals we used to enjoy, stop for a second and take in the aroma. I promise you that the first bite will take you back to when we were together! Try this whenever you miss me. I know this will work.
>
>   Remember me with love . . . and flavor!
>
> Your grandma that loves you,
> Rosa

I unwrap the box inside and find myself holding a bar of guava paste and a note. On it is Grandma's recipe for Cuban croissants, her *cangrejitos de guayaba con queso*! We used to make them every

Sunday before lunch, or whenever company showed up unexpectedly. Because in our home, people show up unexpectedly all the time. My friends tell me that this doesn't happen at their houses. No matter how old or how young you are, you must call ahead and make an appointment. Grandma used to say that calling ahead was like going to the dentist instead of visiting a friend. But in Cuba, her island, half the fun of visiting friends was to surprise them. I asked her what happened when people came from far away and no one was home.

"They'd wait around for a very long time to see if the family would come back," she said. "And if they didn't return by the time it got dark, then the visitors would leave a note saying that they'd stopped by. You see, the note was important, because even if you missed the visit, you'd still get to enjoy the surprise . . . To know that someone cared enough about you to come by."

I smile thinking that Grandma was doing the same thing to me now with her letter.

Cangrejitos de Guayaba y Queso
(Guava and Cheese Croissants)

1 (8 ounce) tube of refrigerated crescent dough
1 (16 ounce) package of guava paste
1 (8 ounce) package of cream cheese

- Preheat the oven to 350 degrees.

- Unwrap the tube of crescent dough and separate the eight triangles by cutting along the dotted lines.

- Cut eight ¼ inch slices of the guava paste, each about 1 inch in length, and place them at the base of each triangle.

- Cut eight slices of cream cheese, with about the same dimensions, and place them over the guava slices. Save leftover paste and cream cheese for another use.

- Starting at the base, roll the dough, making sure to seal the edges, so that the filling doesn't come out while baking. Gently fold the edges and twist slightly, so that it forms the shape of a little crab.

- Place on a cookie sheet coated with non-stick spray or covered with wax paper, and bake until the dough rises and is golden. About 10 to 12 minutes.

- Allow a few minutes to cool before serving.

3

ſYNC𝈴RONIƵED E𝈴TɪNG

Mami gets home from the factory exhausted, like always. She opens the door, throws her bag on the floor, takes off her shoes and falls onto the couch.

"Mami, Mami! Close your eyes!" I say eagerly.

"*Ay, cielo.* I'm so tired that if I close my eyes I'll fall asleep right here."

"No, Mami, close your eyes for a second," I tell her, "and smell."

I watch her close her eyes and her lips slowly curl up into a little smile.

"Something smells wonderful," she says.

"Don't open your eyes just yet," I say, running to get the tray of *cangrejitos.*

"Now," I tell her.

When she sees them, the smile is erased from her face and she begins to cry. I start to cry too. I place the tray on the table so that they don't get wet with tears and I hug her. We stay like that for a while until we catch the scent of the *cangrejitos* again and we devour them in silence. I decide not to show her Grandma's letter. I don't want her to cry anymore. Besides, she wouldn't believe it was from her. I don't quite believe it myself . . .

◉ ◉ ◉

　　The next day I pack three *cangrejitos* for school. One for Karen, one for Silvia and one for me.

　　"I have a surprise for you," I tell them.

　　They look at me as if I was speaking Chinese.

　　"Don't you want to see what it is?"

　　"It's not that," Silvia says. "You actually talked to us."

　　"Shhh, Silvia!" Karen elbows her. "Of course we want to see!"

　　I show them the *cangrejitos* and Silvia pretends to faint.

　　"How yummy!" she says. "Just like the ones your grandm . . . "

　　"Yeah, my grandma," I say. "It's okay. You can mention her. That isn't going to make me any sadder than I already am."

　　"I'm sorry," Karen says. "She's dumb."

　　"Alright, try them," I say.

　　The three of us synchronize ourselves so that we take our first bite at the same time. We close our eyes, spin around and raise our arms as if we're doing the sun salutation from gym class, and then say "Aaaaaaahhhhh!" with our mouths full. It isn't very polite, but it sure is fun.

"So, who made them?" Karen asks. "Surely it wasn't your mom . . ."

This time it's Silvia who elbows Karen. As if I didn't know that when Mami cooks, the plates taste better than the food . . .

"I made them," I tell them. "My grandma sent me a package with the guava paste and the recipe. I got it yesterday!"

Right away I realize that I've said something I shouldn't have. They look at each other and then at me. I know that look. It's the look you give someone who tells you the tooth fairy left money under the pillow. Understanding, but also full of pity.

"Don't pity me!" I tell them, furiously. I take my empty lunchbox and leave.

As soon I turn the corner I realize that Amanda, the bully, had been watching us the entire time. She walks over swinging her long blond braids from side to side.

"So the ghost of your grandma writes you letters," she tells me, mockingly. "Boooo! How scary!"

"Leave me alone!" I tell her and keep walking.

"Be careful that she doesn't take you away and leave your mommies all alone," she says.

I turn around as if she'd thrown a bucket of ice water onto my back.

"What did you say?" I ask her.

"You don't want to leave your mommy alone," she repeats, correcting herself.

"Don't bother her, Amanda!" Silvia yells from the other side of the room.

"Thank you, Silvia, but I can take care of myself," I tell her. "Amanda, I'm going to ask my grandma to show up in your room and scare the sleep out of you."

"Oh, I'm shaking," she says.

I walk away. I would've liked to say more, but that was all I could come up with. I want to go home, crawl into my bed and stay there until summer. If only I could hibernate, I'd be so happy.

4

CONGRÍ

Lisa comes to pick me up. I'm not thrilled about it, because whenever it's her turn we have to walk. Lisa doesn't own a car. She says she doesn't need one, that with her own two feet she can walk or pedal to wherever she has to go. Even though I think she's a little weird, Mami really likes her. She says that Lisa is like her sister, even though they don't look anything alike. Mami likes to wear make-up, even if she's going outside to get the newspaper. Her hair is always fixed and her clothes match perfectly. And she always wears perfume! Lisa, on the other hand, is all natural. I've never seen her with a drop of make-up and the clothes she wears are a bit strange—although I have to admit, she looks very comfortable in her long flowery skirt and old T-shirt. Mami says that Lisa doesn't use make-up because she doesn't need it, and I think she's right. She's very pretty with that long black hair flowing all the way down to her waist. Instead of lipstick she wears a smile.

"Hi, beautiful!" she says cheerfully from the other side of the street.

I half-smile as I cross to meet her. I don't feel much like talking today.

We walk on, in silence. Lisa looks all around, smiling all the while. It's as if the trees and the birds were broadcasting messages that only she can hear.

"Your mami told me that you made some delicious *cangrejitos* . . . "

"Yeah."

"Do you have any left? I'd die for one."

"No," I tell her. I think about challenging her just to see how she responds. "But since Grandma taught me how to make them *yesterday*, I can make them for you whenever."

I expect some sort of reaction to my madness, but Lisa doesn't say anything. She keeps smiling, as she always does.

"Well that's great," she says. "Your grandma really did know how to cook. It's such a shame your mami didn't inherit that talent . . . "

We both look at each other and burst out laughing. I think of the smell of burnt rice from the other night. Most of the rice stayed stuck to the bottom of the pot. Lisa had stopped by to see how Mami was holding up and after smelling the disaster, she turned around, got on her bike and came back with a rotisserie chicken and a loaf of bread. We ate it with such hunger that all that was left were the bones. There wasn't a bite to share with the neighbor's dogs!

At home, I make my *tostaditas* and *café con leche.* I ask Lisa if she wants any, but she says she has a million things to do, and that she'll stop by later. While I wait for the coffee to brew, I look into the pantry to see if there's something to fix for dinner. There are a few cans of tuna, beans, tomato paste, olives, sardines . . . Actually, nothing. I'm hoping Lisa will bring something tonight or otherwise it'll be tuna fish sandwiches again. Or breakfast for dinner . . . another one of my mom's specialties. Translation: cereal with milk.

After math homework, I put on some of my dance music and start to dance. I practice a few moves; whichever ones come to mind. But after a while I forget about them and my feet begin to improvise. I can feel the vibrations of the trumpets in the bottoms of my feet, as if they were tickling them, making them move. Grandma used to say that I'd inherited that rhythm from her people. Just like my wavy hair and the coffee color of my skin. My teacher agrees. She says that no other student dances to tropical jazz the way I do.

"It's in your blood, Celeste," my teacher used to say. "Let it out!"

And that's when I'd let go and start dancing like a hurricane, taking down everything along my path . . . But I no longer go to dance class. There's not enough money.

I fling myself onto a chair, exhausted, but the break doesn't last very long. Through the window I can see that the flag on top of the mailbox is no longer sticking up, so I run to grab the mail. In between bills and catalogs, I spot an envelope . . . with Grandma's handwriting!

My Dearest Celeste,

I hope that the cangrejitos you made came out delicious. Did your mami like them? She has loved them ever since she was a little girl . . . I never taught her how to make them, even though she always asked me to, because I was terrified she'd burn herself. Or that she'd love to cook so much she'd quit school. I wanted her to have a career, because I never had that option. In the end, I don't know if what I did was right or wrong. But then, when you asked me to teach you how to cook, it occurred to me that if I didn't, all the flavors of our history would be lost . . . My only regret is that this cursed illness didn't give me enough time. But at least you know the essentials: be patient and follow the recipe with measurements so that it comes out just as good, every single time. Soon you'll know when it's time to add your personal touch to these dishes. In the meantime, here is the recipe for congrí, so that you will remember me.

I love you always,
Your grandma Rosa

Congrí was our weekend fare. Grandma would make a bean soup sometime during the week and would use whatever was leftover for the *congrí*. And if there wasn't any left, then she'd use canned beans. Either way, it always came out delicious. She used to say that during colonial times, Haitian slaves had taken the *congrí* to Cuba, to the province of Oriente where my family was from. In their language, the slaves would call the beans "kongo" and the rice "riz" and that's where the word "congrí" came from.

I read through the recipe and realize that, by some miracle, we have all the ingredients we need! I immediately begin to cook so that I can surprise Mami when she gets home.

Congrí

3 tablespoons of oil, separately
3 garlic cloves, smashed
1 onion, chopped in small pieces
1 green pepper, chopped in small pieces
1 teaspoon of oregano
½ teaspoon of ground cumin
½ cup of tomato sauce
2 cups of raw white rice (long grain)
1 (15 ounce) can of small red beans
2 teaspoons of salt
1 bay leaf

- Heat up two tablespoons of oil in a pot at medium-high heat and add the smashed garlic. Fry until it's golden brown, remove it, and fry the rice in the same oil. Stir for 3 minutes. Remove from the heat and set it aside.

- In a separate pan, heat up the remaining tablespoon of oil at medium-high heat and sauté the chopped onion. After a couple of minutes, add the pepper, oregano and cumin. When the onion begins to get a bit of color, add the tomato sauce. Stir for 2 minutes and set aside.

- Remove the liquid from the can of beans, making sure to keep it in a separate bowl, and add enough water to make four cups.

- Combine the tomato sauce mix into the pot of rice, add the beans and the four cups of cooking liquid, along with the salt and bay leaf. Cook at a medium-high temperature until it begins to boil, stirring occasionally so that it doesn't stick to the bottom. Once it reaches a boil, cover the pot and turn the temperature to low.

- Let the mixture simmer for approximately 20 to 25 minutes, or until the rice is fully cooked. Add salt and pepper to taste.

5

MARIQUITAS

The *congrí* was marvelous. Mami and Lisa licked their fingers while they said how good it turned out. The only thing that felt strange was that Mami didn't ask me how I'd done it. I think she suspects that it was Grandma's recipe because it tasted almost exactly like the *congrí* she used to make. But Mami didn't say a word. Now that I think about it, she doesn't talk about Grandma at all! It's as if Grandma was still sitting in her room watching the *novela*. Or, even worse, as if she'd never even been here with us. Lisa talks about Grandma, but whenever she does, Mami changes the subject.

Yesterday I went to the supermarket with Doña Esperanza because Mami started working on Saturdays too. She says that without Grandma's social security check we no longer have enough to pay the bills. How I wish she didn't have to work so much!

"What do you need, *m'ija*?" asks Doña Esperanza.

"Rice, beans, bread," I say, trying to remember the few dishes that I know how to prepare. "And green plantains."

"What about chicken? Or meat?" she asks. "Or has that Lisa turned you into vegetarians?"

"Lisa is not a vegetarian," I correct her. "She eats chicken."

"Well, I think a good piece of meat would do her some good," she says. "That woman is so thin that if a strong wind hit her, she'd end up miles away."

"I don't know how to cook anything with meat yet," I tell her.

"You'll get there," she says, while she puts some packs of meat into the cart.

Unlike my mom, Doña Esperanza loves to talk about Grandma. She told me that after Grandma moved here, she was the first person that my grandma met. Since Doña Esperanza is Puerto Rican, she felt the same sense of nostalgia for her island as Grandma did for hers. That's how they shaped their friendship; talking about the food and people that they'd left behind. And since they were neighbors, they'd talk all the time. They'd sit down on the front stoop, talking about the neighborhood, the *novela*, the news—everything except sad topics. At least they never seemed sad to me.

"I'm learning to fix Grandma's recipes," I tell Doña Esperanza.

"*¡Qué bueno!*" she says. "You know, your grandma promised she'd teach me how to make her

famous *ropa vieja*. But, between one thing and the next, she got sick, and we never got around to it."

"Well, if she sends me the recipe, I'll share it with you, Doña Esperanza," I tell her.

I stare at her to see if she'd look at me funny.

"Thank you, *nena*," she responds. "I'd love that."

I couldn't understand why all the adults seemed to think it was perfectly normal that Grandma was sending me letters from the beyond, but my friends, who spent their days reading books about fairies and wizards, were convinced that I'd completely lost my mind. It didn't make any sense.

When we get home I ask Doña Esperanza to teach me how to make fried plantains, because on her island this is also a popular dish.

"*¡Amarillos*" she says, "of course!"

At home we always had plantains. Green, yellow and black. One time, Karen and Silvia were at the house and Grandma took out a ripe plantain. Karen thought that it was spoiled and if she ate it she'd get sick. The dummy didn't say anything until Silvia was about to eat one of the fried plantains on the table. Karen grabbed at her hand very hard, so she couldn't eat it, but Silvia had already taken a bite. She nearly choked when Karen told her that it was a black banana and it would make her sick! When I translated to grandma what was going on, she laughed so hard she had to leave the kitchen to catch her breath. When she returned, she asked me to translate for her:

"When plantains are fried green, they turn crunchy and are eaten with salt," she said. "Like *mariquitas* — which happens to mean 'ladybugs' — and the *tostones*, that are just like *mariquitas*, but bigger. When plantains go from yellow to black, it's because they are very ripe. That means they will be very sweet when you fry them."

"Celeste, you're going to kill me," Karen said. "First you serve me a black plantain and then you tell me that the green ones are filled with ladybugs!"

Grandma thought the whole thing was hilarious. After having a nice laugh, she took out a green plantain and sliced it into little rounds. She pointed to the plantain's little black specks.

"*Ma-ri-qui-ta*," she said, slowly.

Karen and Silvia repeated after her.

"Ladybug," Silvia told Grandma.

And Grandma repeated, slowly: "*Lei-di-bog*."

The memory makes me change my mind, and I ask Doña Esperanza to make *mariquitas* instead. Even though I already know how to prepare them, Mami doesn't let me fry things by myself, because she's afraid the oil will splatter and I will get burned. Between the two of us, we cut the plantains into thin slices, and Doña Esperanza fries them. I think about my friends talking to Grandma and get a little sad. But Monday will be another day.

Mariquitas (Plantain Chips)

1 green plantain
Salt and pepper
Frying oil

- Heat up enough oil for a deep fryer. If using a frying pan, the oil should be about 1-inch deep. (Ask an adult to help you with this!)

- Cut off the tips of the plantain and then cut it in half, so it's easier to peel.

- Peel the plantain and slice it into thin rounds, using the slicer side of a box grater.

- Fry the *mariquitas* until they are golden on both sides. Remove them from the oil and let them drain on paper towels.

- Season with salt and pepper, and serve immediately.

6

ROPA VIEJA

On Monday, Mami and I wake up tired, as if the weekend never happened. We sit at the table to have breakfast—a bowl of cereal, *café con leche* and toast. Mami drinks her coffee slowly and tells me about her other job, the one she works on Saturdays.

"It's not bad," she says. "It's a fun group and we pass the time talking while we stuff letters into envelopes. It's easy and time goes by fast."

"*Ay*, Mami, I wish you didn't have to work so much!" I tell her.

"It's not forever, *cielo*," she says. "Just for a few more months so I can catch up on the bills. And so you can go back to dance class."

"I don't need classes, Mami," I say. "I'd rather be here with you."

"Patience, honey," she says in a tone that reminds me of Grandma. "Everything comes, and everything goes."

I tell my mom about a dream I had where a tiny tornado picked me up and lifted me inches off the ground.

"I was spinning around and around," I tell her. "Like I was dancing to a rhythm that gets faster and faster until it's out of control. Then, all of a sudden, the wind stopped blowing and, boom! I fell to the floor like a ripe mango . . . I couldn't get up and I started screaming, but nobody came. And then I woke up."

"*Cielo*," she says tenderly. "I'm always near you."

"I know."

🍽 🍽 🍽

When I get to school, I see Karen and Silvia down the hallway. From afar, they look like a perfect ten: tall and skinny Karen and Silvia, short and chubby. They say hi to me as if nothing had happened. Well, maybe nothing did happen.

"What did you do this weekend?" Karen asks.

"Cook, go to the supermarket and wash a never-ending pile of dishes," I tell them.

All of a sudden, I realize I sound like an old lady. "And I also watched a couple of shows on TV," I add.

"And you didn't go to the studio?" Silvia asks.

"No," I say. "I don't think I'm going to dance anymore. I don't really like it that much."

They both look at me, shocked. I try to seem indifferent so that they won't notice that I'm lying. The truth is, I've loved to dance ever since I was born. They both know this because I can never wait in line without dancing. And if there's music playing, something inside me moves, even when I don't want it to.

"What about you?" I say, changing the subject. "What did you do?"

"I spent the weekend reading one of the Secret Society books," Karen says. "It was so good I even skipped dinner . . . I forgot to eat!"

"That never happens to me," Silvia says, rubbing her round stomach. "Speaking of food, Celeste, did you bring anything good today . . . like *cangrejitos*?"

"Not today, sorry," I tell her. "Grandma hasn't written to me in the past few days, so I don't know what to make."

Silvia and Karen give each other a look.

"Celeste, you worry me," Silvia says. "You have to accept that your grandma died, forever . . . "

I feel a burst of anger inside of me and I know that I'm not in control of what I'm about to say.

"Look, Silvia, I've always worried about your big fat belly and the amount of candy that you eat every day, but I never tell you what to do. So do me a favor, and leave me alone!"

I immediately feel horrible about saying that. But I'm so sick of her comments. What does she know about what's happening to me?

The rest of the day goes by in a fog. Between the neighbor's dogs that won't stop barking and my weird dreams, I haven't been sleeping very well. Now Silvia and Karen are in the corner whispering; probably talking about me. And to make things worse, Amanda is coming my way with a toothy smile plastered on her face.

"Celeste, you've missed the last three dance classes," she says, running her fingers through her long blond hair. "One more and you won't be dancing in the recital."

"I'm not going to dance anymore," I tell her. "So don't worry, you no longer have any competition."

"Competition? Seriously? You think you're *my* competition?" she says. "Oh, Celeste, you are so wrong."

"Get lost, Amanda," I tell her, trying to hide the fury in my voice.

"No, Celeste, you're the one that has to go," she tells me. "Go back to your country!"

I'm so mad I don't even know how to respond. I shove her and she pretends to fall to the floor and cry. I know she's faking it. But if by chance I really hurt her, that's even better.

◖◍◗ ◖◍◗ ◖◍◗

I'm surprised to see that Lisa has come to pick me up. At least I can see one smiling face on this awful day. I run to greet her and she gives me a hug that nearly knocks me to the ground.

"Hey, beautiful," she says. "How was your day?"

"Don't ask," I tell her.

"Well, let's talk about something happy . . . What did you cook last night?"

"Chicken with *mariquitas* and a salad," I tell her. "Doña Esperanza showed me how to season the chicken and Mami helped with the frying."

"How yummy!" she says. "Something told me I should've stopped by last night . . . "

"It wasn't anything special," I tell her. "Besides, we've been eating so much chicken lately, that I think we're going to start laying eggs."

"I'm sure your grandma will teach you how to make some new dishes soon," she says. "Look at how much you've learned already!"

My mouth drops open. How does she know? I think for a minute that maybe she's the one writing the letters . . . But it can't be. I'm sure they're in Grandma's handwriting.

"I believe in those things, Celeste," she says, sensing my surprise. "When people die, there's a part of them that stays here, with us . . . And they continue to talk to us and to teach us things."

I listen. But I'm not sure what to think.

I can hear the barking all the way from around the corner. I never really know if the neighbor's dogs are saying hi or warning me not to get too close. I look at them from a distance, but Lisa sticks her hand through the fence and pets them. They immediately calm down, as if by magic, and they lick her hands. Just in case, I stick my hands in my pockets. They are safe there.

When I get home I see that the mail has been delivered. In between the bills and advertisements there is a single white envelope, handwritten and without a return address. I don't have to open it to know it's from Grandma!

My Dear Celeste,

I'm a bit tired, but I know that soon I'll get the chance to rest. I don't want to say goodbye without first letting you know that you and your mother have made me so very happy. Your mother, so loyal and caring to me and so dedicated to you . . . Tell her I'm so proud of her. And of you, too, my beloved granddaughter. Of your good grades, your dedication to dancing, your interest in the stories of the past and, above all, your caring heart.

How I'd like to be there to help you prepare these recipes! But I know you can do it. And I also know that if you get stuck, you will know to ask for help. Never be afraid to ask for help! Most people like to help. Remember that, always.

Here is my recipe for ropa vieja, the dish you love so much. You will see how easy it is to make. (And don't be scared of the pressure cooker, it's not going to explode!)

Your grandma that loves you,
Rosa

Grandma's letter leaves me feeling a bit sad. I wonder if this will be the last I receive. But I pull myself together and call Doña Esperanza to give her the news. After all, she's been waiting for this recipe for years.

"I got it!" I tell her. "I finally got it!"

"What did you get?" she asks, confused.

"Grandma's recipe," I say, "to make *ropa vieja!*"

"I'll be right over," she says and hangs up the phone.

In the kitchen, I start to hunt down the ingredients, but I'm missing so many! We don't even have skirt steak, the main ingredient. This really will be a poor person's meal.

In a short while, Doña Esperanza arrives with a mountain of things: meat, tomato sauce, peppers, garlic, cumin . . . She's like a walking supermarket!

"Let me see," she says, ripping the letter out of my hands.

I love seeing her almost as excited as I am.

Between the two of us we start chopping up the vegetables. I slice the onions and, like always, I start to cry. But this time my tears are not entirely caused by the onion. I cry for my grandma, because I miss her, and for my friends, because they don't understand me. And for my mami, because she isn't here with us.

"What's wrong, *m'ija?*" Doña Esperanza asks me. "Is it the onion?"

"Yes and no," I tell her. "There's this girl in school who's been making my life miserable. And to top it all off, ever since the letters from Grandma started coming, my friends treat me as if I'm crazy."

"Well, what do *you* think?" she asks. "Do you think you're going crazy?"

"Sometimes . . . I don't know," I tell her, wiping my face with a kitchen towel. "I like that Grandma writes to me . . . but it is a bit weird."

"I wouldn't worry too much about it if I were you," she says, putting the knife aside for a second. "As your grandma used to say, 'everything comes and everything goes . . . ' If I were you, I'd enjoy the letters and not worry so much about how they got here."

My eyes burn. This time it's because of the onion. Doña Esperanza finishes slicing it and I start chopping the garlic. It has a really strong smell, but it doesn't make me cry.

When Mami gets home, she's surprised to see Doña Esperanza cooking in our kitchen.

"What's all this?" she says, looking at the valve dancing on top of the pressure cooker.

"*Ropa vieja*," I announce, proudly. "It should be done in half an hour."

Mami sits down at the table and watches us cook. But her break doesn't last very long. After a few minutes, Doña Esperanza takes off her apron and puts it around Mami's waist.

"Come on, Rosita, you can help us with the *sofrito*," she tells her. "It's the most important part."

I can see that Mami is about to protest, but Doña Esperanza puts the garlic in her hand so that she can add it to the hot oil.

I don't want it to show, so as to not break the spell, but for the first time today, I feel really happy.

Ropa vieja

3 tablespoons of olive oil, separately
2 lbs of skirt steak
1 (8 ounce) can of tomato sauce
½ cup of canned beef broth
1 tablespoon of *sofrito* cooking base
2-4 cloves of minced garlic
2 bay leaves
1 sliced yellow onion
1 sliced green pepper
½ cup of green olives (pimento stuffed, whole)
Salt and pepper to taste
Lime wedges, optional

• Coat the bottom of the pressure cooker with 2 tablespoons of olive oil and heat on high. Working in batches, brown the meat on both sides and immediately fill with enough water to completely cover the steak. Fully close the pressure cooker and let it cook at steady pressure for approximately 30-40 minutes.

• Prepare the *sofrito* in a large, deep pan over medium heat. After coating the bottom of the pan with the remaining tablespoon of olive oil, add the *sofrito* cooking base and minced garlic. Cook, stirring constantly for one minute. Add the tomato sauce, beef broth and bay leaves, and cook for another minute, stirring occasionally. Season with salt and pepper, and drizzle olive oil over the top. Let simmer on low heat while the meat cooks.

- After 40 minutes of cooking at steady pressure, remove the pressure cooker from the heat and set aside until depressurized. This should take around 15 minutes.

  IMPORTANT: let an adult open the depressurized pressure cooker because the steam can burn.

- Remove the meat to a bowl—reserving the juices. Discard any visible fat and shred the meat using two forks.

- Add shredded meat and juices to *sofrito*, along with the onion, pepper and olives, mixing it all together. If the meat is not completely covered by the sauce, add more broth as needed. Cover and let simmer on low heat for about 20 minutes. Adjust seasoning if needed.

- Serve over white rice or *congrí* with a wedge of lime (optional).

7

MISUNDERSTANDINGS

Mami and I walk together to school. We don't talk. I walk slowly, looking down at my feet. Mami asked at work if she could start a little later today. She says she received a message from the principal saying that he needed to see us both as soon as possible. I think I know what it's all about, but I don't tell her. I'm a bit ashamed.

When we get to the principal's office, Silvia and her mom are already there. Now I'm sure I know why we are here. But Mami looks shocked.

"Hello, Rosa," Silvia's mom greets my mom in a somber tone. "I'm so sorry for your loss."

Mami thanks her for the condolences and sits down quietly.

The principal calls us into his office.

"Well, you both know why you are here," he says to Silvia and me. "However, your mothers don't . . . Who wants to tell them what happened?"

My eyes remain glued to my shoes. I wish I could turn invisible and cover Silvia's mouth with duct tape to keep her quiet.

"Celeste called me fat," she says. "She pointed at my stomach and said it was huge, in front of everyone!"

"That's not exactly true!" I protest. "I said that I was worried about the amount of candy you eat."

"Liar!" she yells at me.

"Alright, alright," the principal says. "Celeste, why did you say you were worried about her diet?"

"Because I'm sick and tired of her and Karen treating me like I'm some crazy person!"

The principal waits in silence, as if expecting an explanation. But neither one of us says a word.

"You both know that in this school we have a zero tolerance policy for bullying," he finally says. "And hurting someone else's feelings, on purpose, is considered bullying. Besides, Celeste, this isn't the first complaint that we have received about you. You also pushed Amanda so hard that she had to go to the nurse's office. That isn't an accusation that we take lightly."

Nobody says anything. We sit in silence for what feels like hours. Finally Silvia speaks up.

"I saw what happened with Amanda," she says. "Celeste didn't push her that hard. Besides, after what Amanda said, I probably would've done the same thing."

"And what is it that she said to you, Celeste?" the principal turns toward me.

"I told her to get lost and leave me alone, and she said that I was the one that needed to go . . . Back to my country."

The principal looks at Silvia as if to confirm my story. I lower my eyes, not so much out of shame, but because I don't want to see my mom's.

"Well, I will take care of Amanda," he says. "Now what about what you said to Silvia?"

"I didn't mean to say it, but I'm just so tired of my own friends not believing what's happening to me."

"I just wanted to help her," Silvia responds. "I know that it's sad that her grandma died because they were so close, but she's been saying that her grandma has been writing her letters and teaching her how to cook."

I look at her as if she's just revealed the biggest secret in the universe. I wish I could strike her down with my eyes. Even though I don't turn around, I can feel my mom looking at me, full of questions.

"*Cielo*, did you really say that?" Mami asks.

"Yes," I say. "But it's true!"

All of a sudden everyone is looking at me as if I'd said aliens were taking over the school.

"Of course Grandma has been writing to me," I tell her in Spanish. "How else do you think I learned to make the *cangrejitos* and the *congrí*?"

"But, Celeste, honey, dead people can't write letters," Mami replies, switching back to English.

"I can show them to you when we get home," I tell her. "I have them all in my nightstand. I didn't tell you so you wouldn't get sad."

Nobody says anything. I think they're all waiting for me to apologize. I do, but only for what I said to Silvia. I can't apologize for the rest of it, because I haven't done anything wrong! If I'm in this mess, it's for having told the truth!

"I'm sorry," I say to Silvia. "I didn't mean to make you feel bad."

"It's fine," she says. "But quit with the ghost stories, they really scare me."

Silvia comes closer and we give each other a hug. I'll explain to her later that they aren't stories. For now, I only want to get out of here.

"Please let me know when you solve the mystery of the letters from the beyond," the principal says to us. "The story is fascinating. But now head back to class because the spirits aren't going to do your homework for you."

Mami kisses me goodbye, but I can see that she's confused. We're going to have a lot to talk about tonight.

8

ASKING FOR HELP

Lisa comes to pick me up and I tell her everything that happened. She says I have to show the letters to my mom. Even though Mami doesn't believe
in spirits, the evidence will convince her. A bunch of
white flowers have bloomed in front of one of the
houses we pass on our way home. The bushes look
like they are covered with butterflies. Lisa picks a
small bunch and gives it to me.

"But, Lisa," I say, protesting, "they aren't yours!"

"Shhh!" she says, placing her finger on her lips.
"Today you need these flowers more than they do.
Besides," she adds, "if the people say anything, I'll
explain it to them."

The flowers are beautiful.

"Wild and simple," I think, "just like Grandma."

Right at that moment, I feel a cold chill. And, for
an instant, I think we are not walking alone.

Later that afternoon, I think about something that Grandma wrote in her last letter: "*Most people like to help.*" Was she referring to Doña Esperanza? To Lisa? Mami? Even Silvia had wanted to help me. And what if I don't want help? Nobody can help me with what I want: for Mami not to work so much and for me to go back to dance class. I can take care of the rest myself. I don't need to go around begging people for help. That's not me.

I hear the front door open and I get scared because Mami isn't supposed to get home until much later. Today, however, she came home early.

"Mami!" I scream and run to hug her.

"*Cielo*, how did the rest of your day go?" she asks me. It's been such a long time since she asked me that I don't know how to respond.

"Fine," I say. "No more drama."

Mami starts to prepare the *café con leche*, and I, without asking, start making some toast. It's almost like it used to be, with Grandma.

"We need to talk, Celeste," she says, without looking at me. She adds sugar to the coffee and stirs it very slowly as if she were casting a spell.

"I know," I tell her.

I go up to my room to fetch the letters. I'd placed them in an empty chocolate box with the hope that someday it would be filled with them. But I have the feeling that I won't be receiving many more. I place the box on the kitchen table.

"This is all of them," I show her.

Mami opens the box very slowly and examines the first envelope. Tears begin to run down her cheeks. But I think she's also smiling.

"I don't know how she did it," I tell her, pointing out the postmark. "But the truth is that these letters took away some of the sadness I was feeling"

Mami takes out the first letter and reads it in silence. Without even taking a sip from her coffee, she does the same with the other letters. When she finishes, she puts them all away and looks at me.

"Do you think there will be more letters?" she asks me.

"I sure hope so," I say.

We eat our *tostaditas* like Grandma used to do it: dipping small pieces of toast into the coffee until the butter melts.

"Mami, what do you think Grandma meant when she said that people like to help?"

"She always used to say that," she says, "She'd say that it's harder to ask for help than to give it."

I keep thinking about this while I finish my snack. I think I know what Grandma was trying to tell me. . . .

◉ ◉ ◉

As soon as I finish, I run to my desk to look for my dance teacher's phone number. I'm a little bit scared that I won't be able to say the right thing. Or that she'll say no. But I'm definitely going to do this.

"Most people like to help," I repeat to myself like a mantra. Either way, the worst that can happen is that she will say no.

"Miss Robyn, this is Celeste." My voice trembles a bit. "Am I interrupting?"

"What a surprise to hear from you, Celeste!" Miss Robyn says. "We've really missed you in class. How's your grandma doing?"

"She passed away a few weeks ago," I tell her.

"I'm so sorry," she says. "I didn't know."

"I'm not so sad anymore," I say, "even though I miss her a lot."

"She used to love to watch you dance. When will you come back?"

"Well, that's actually why I'm calling. I'd love to come back, but my mom can't really afford to pay for classes right now. . . . "

"Whenever you're ready, Celeste. You know I'll always have a space waiting for you."

"Well, I was thinking that maybe I could get a job," I say, timidly.

"But Celeste, you are too young to work . . . "

"Well, I wanted to ask you, maybe. . . perhaps, I could help with the classes for little ones," I say, "like a job." I'm embarrassed to hear myself saying this.

"What a good idea, Celeste!" Miss Robyn says. "I don't know why I didn't think of it before. Of course you can! You can be my helper with the kiddie class in exchange for your lessons!"

"Really?" I ask her, clearly surprised.

"But you have to ask your mother first," she tells me. "Tell her to send me a note saying she's okay with this arrangement."

"Of course!" I tell her. "And thank you so much. You don't know how much this means to me."

"Thank you for suggesting the idea, Celeste," she adds, "I'm very happy I can help."

Grandma was right. *"Most people like to help."*

9

FLAN

My Dear Celeste,

I'm running out of time, but I didn't want to leave you with a memory that is salty or sour, but with a sweet one. In life, you will get to eat many different foods, some that taste good, and others, not so much. Some will be so spicy that they will make you cry, and others so exquisite that you will remember their taste forever. That is how my life has been: sweet, bitter, sometimes perfectly seasoned and, at times, too salty or completely bland . . . But when I think of you and your mother, the memories that come to mind are always sweet. That is how I want to say goodbye to you, so that when you think of me, you have a memory of something sweet.

Here I'm sending you the recipe for the flan you love so much. Be careful when you make the caramel: when the sugar begins to melt you have to work quickly and attentively, because if you don't, the caramel will burn or you may end up burning yourself. And don't rush it. Everything good takes time. When the flan is ready, refrigerate it overnight. The next day, before sitting down to eat it, cover the table with a nice tablecloth and put a flower in a vase. Take out a cloth napkin and use a nice plate. And then sit down and eat it slowly. When you take that first bite up to your mouth, drenched in caramel, close your eyes and smell the sweet aroma. In that instant, I'll be right by your side.

Don't be sad, my dear Cielo. Remember me with love . . . and flavor!

Your grandma that loves you,
Rosa

My hands shake as I read the final words. I know that I'm holding my grandma's last letter. I think about how all I have left of her are just a handful of recipes. I think about how I'll never know how she's been sending me these letters after she'd gone. I think that no matter how many times I cook them, my dishes will never taste like hers. And, all of a sudden, I hear her voice murmuring into my ear: *"Remember me with love . . . and flavor!"* That's why she sent me these recipes! The coffee, the *cangrejitos*, the *congrí*, the *ropa vieja* . . . The recipes were like spells, so that every time I make the food, Grandma could once again be with me!

As soon as Mami gets home from work, I show her the letter. She gets really sad, and I let her cry. But later, I have a great idea, something that Grandma would've loved.

"Mami, Grandma asks us to remember her with flavor, right?"

She nods, but doesn't say anything.

"I get it!" I tell her, jumping up and down with excitement. "Think about all the recipes that Grandma sent . . . What do they have in common?"

"They were the ones you liked best," she says.

"And what else?"

"I don't know. They're all from Cuba?"

"Yeah, but not just that," I tell her. "If you put them together, we have a dinner! Look, Appetizer: *cangrejitos*. Main course: *ropa vieja*. Side dishes: *congrí* and *mariquitas*. Dessert: *flan*. Don't you see? Grandma wanted us to have a dinner — to remember her!"

Mami's tears immediately disappear and I can see that Grandma's magic is working.

"That's a fantastic idea!" she tells me. "Let's do it this weekend."

"We'll set up an elegant table with a fine table-cloth, flowers, candles. Just like she used to like it," I say. "With music in the background!"

"Invite your friends, *cielo*."

"And Lisa and Doña Esperanza!" I say. "I want it to be a real celebration."

Flan

1 cup of sugar
1 whole egg
5 egg yolks
1 (12 ounce) can of evaporated milk
1 (14 ounce) can of sweetened condensed milk
1 teaspoon of vanilla extract

- Preheat the oven to 350 degrees.

- To make the caramel: follow my advice and have an adult help you with this first part! Place the sugar in a heavy-bottomed saucepan — or directly in the round metal pan where you will bake the flan — and cook over low heat, without stirring. After the sugar dissolves, increase the heat to medium-high until the caramel turns golden brown. Remove from the heat promptly and pour into the cooking pan, turning the caramel to coat all sides. Let cool.

- Separate 5 eggs, saving the whites for another use. Again, an adult can help you with this.

- In a separate bowl, beat the whole egg and the 5 egg yolks together. You can whisk by hand or use an electric mixer, making sure not to beat too much. First, add the evaporated milk, then the sweetened condensed milk to the eggs and mix until well incorporated. Add the vanilla extract, mixing to combine.

- Pour the flan mixture into the prepared pan and cover loosely with foil.

- Place the flan in a larger flat pan and fill with water until it reaches halfway up the side, making a water bath. (It's a good idea to place both pans in the oven before adding the water and then use a pitcher to make the water bath, that way it won't spill on the way).

- Bake in a pre-heated oven for 45 minutes. Turn off the oven, remove foil tent and let the flan set for another 15 minutes.

- Carefully remove the flan from both the water bath and the oven, and let cool. After an hour, move the flan to the fridge and chill for a couple of hours or, preferably, overnight.

- When ready to serve, run a knife around the outside edge of the flan. (It will be heavy! So you may want to ask an adult to help with this). Find a large plate with a lip so it can hold the caramel, place over the flan and invert.

10

FAMILY DINNER

The table is set with candles, red carnations and a yellow tablecloth. We decorate every napkin with a sprig of rosemary, like Grandma used to do for special occasions.

"A good table requires color, texture and smell, even before the food is served," I remember her saying. *"Everything needs to be picked out carefully: don't choose flowers that have too strong a scent that will compete with the food. That's why carnations are perfect: they're bright and colorful, and their scent is subtle. To add some greenery, mix in some herbs with the flowers: basil, rosemary and thyme from the garden will complement most dishes. Remember: everything serves a purpose."*

A tray is set with very small *cangrejitos* and, next to it, there's a warm loaf of bread wrapped in a white tea towel. Doña Esperanza is in the kitchen frying the plantains. The *congrí* and the *ropa vieja* are in the oven, so they'll stay warm until we're ready to eat. Mami brings a lettuce and tomato salad into the dining room. She looks beautiful in her blue dress, the color of the ocean. Lisa cuts a tiny carnation bud and pins it on Mami's dress.

Karen and Silvia arrive with a fruit basket: a pineapple surrounded by pears, apples and mangos. Mami gives them each a thank you hug and places the basket on the table. Now our table really does look like a painting. A true feast.

We all sit down at the table: Mami at the head, Lisa and Doña Esperanza on one side and Karen and Silvia on the other. I bring a chair in from the kitchen and sit between my friends, leaving the other end of the table open for Grandma because I know she's here with us.

"Don't tell me you're waiting for your grandma to show . . . " Silvia begins to say, but Karen elbows her, not very subtly.

"No," I tell her. "I just wanted to leave a special place for her, because I know that she's watching us."

"Seriously, Celeste?" says Silvia. "You're going to kill me, girl! Letters from beyond and ghosts coming to dinner . . . "

"Actually, I was never scared of the letters," I say. "Quite the contrary, they made me feel better. I still wonder how she did it; but I'm afraid I'll never find out."

"I can tell you," says Doña Esperanza. Everyone stares at her, stunned.

"Before she died, your grandma left me a pack of letters, each of them sealed and addressed to you.

She told me to mail them after she passed, every five days, so that every week you'd have a new one. She thought that this way she could help you feel less sad."

My mouth dropped open. I never would've guessed that it was Doña Esperanza who sent them. But now it all makes sense: the letters coming frequently, the trip to the grocery to buy all the ingredients, her hope that one of the letters would have the *Ropa Vieja* recipe . . . I'm actually thankful she didn't tell me right away.

"Thank you, Grandma," I say in a whisper. "Your plan worked."

The tray of *cangrejitos* goes around the table and in just a few minutes it's empty. Doña Esperanza tells us about the time she and Grandma went out for groceries and the car broke down on the way back.

"You know, back then there were no cell phones, so we couldn't call for help. We had to walk back, and we were so far!" she says. "And then Rosa has this crazy idea that we could hitch a ride. Imagine two old ladies on the side of the road, trying to hitchhike!"

Lisa, who had just taken a gulp of lemonade, laughs so hard that she showers the table. And we all laugh at Doña Esperanza's story, at Lisa's laughter and at the memories of Grandma. Mami and Lisa start another story about Grandma, and Silvia pretends that her *cangrejito* is trying to bite Karen, and they laugh uncontrollably. Without anybody noticing, I close my eyes, trying to record this moment in my memory so I'll have it forever: the sound of laughter, the smell of rosemary, the texture of the tablecloth, the color of the flowers, the flavor of the guava and cheese melted together and, above all, the feeling of Grandma's presence. I want to remember all of it, *with love and flavor!*

CARTAS DEL CIELO

Lydia Gil

PIÑATA BOOKS
ARTE PÚBLICO PRESS
HOUSTON, TEXAS

Letters from Heaven / Cartas del cielo ha sido subvencionado por la Ciudad de Houston por medio del Houston Arts Alliance. Les agradecemos su apoyo.

Piñata Books are full of surprises!

Piñata Books
An imprint of
Arte Público Press
University of Houston
4902 Gulf Fwy, Bldg 19, Rm 100
Houston, Texas 77204-2004

Cover design by Mora Des!gn
Inside illustrations by Leonardo Mora
Cover photo by Eloísa Pérez-Lozano

Gil, L. (Lydia), 1970-
    Letters from heaven = Cartas del cielo / by/por Lydia Gil.
       p. cm.
    Summary: Celeste is heartbroken when her grandmother dies, but when letters begin to arrive with her grandmother's advice and recipes, Celeste finds consolation in preparing the dishes for herself, her mother, and their friends. Includes six traditional Cuban recipes.
    ISBN 978-1-55885-798-8 (alk. paper)
    [1. Grief—Fiction. 2. Grandmothers—Fiction. 3. Cooking—Fiction. 4. Cuban Americans—Fiction. 5. Letters—Fiction. 6. Spanish language materials—Bilingual.] I. Title. II. Title: Cartas del cielo.
PZ73.G4828 2014
[Fic]—dc23
                                  2014022875
                                          CIP

Impreso en los Estados Unidos de America

octubre 2014–noviembre 2014
Versa Press, Inc., East Peoria, IL
12 11 10 9 8 7 6 5 4 3 2 1

CONTENIDO

Para Güeli

1

CAFÉ CON LECHE

¡Estoy harta de que todo el mundo me trate tan bien! No tengo que hacer la fila en la cafetería de la escuela porque mis compañeros siempre me dejan pasar adelante. Si se me olvida la tarea, la maestra me dice que la puedo entregar al día siguiente ¡sin problema! En casa, llevo una semana sin tender la cama ni lavar un plato, y Mami no me ha dicho nada. No es que de la noche a la mañana me haya convertido en una superestrella. Mi abuela murió hace una semana. Parece que mis amigas piensan que si me tratan bien, me voy a sentir menos triste. No sé cómo decirles que no funciona. Por eso me quedo callada y avanzo al principio de la fila de la cafetería, agarro un yogur de fresa y me siento a comer en silencio. Pero el silencio no dura mucho.

—¿Nos podemos sentar? —pregunta Karen.

Yo me encojo de hombros porque no me molesta estar con ellas, pero tampoco me alegra. Todo me da igual.

—¿Quieres uvas, Celeste? —ofrece Silvia.

—No, gracias —le respondo.

—Vamos, Celeste, ¡para sincronizar!

Bocado sincronizado. Nuestro deporte favorito. Tomamos un bocado exactamente al mismo tiempo, abrimos los ojos bien grandes, levantamos los brazos, giramos al unísono una, dos, hasta tres veces . . . Nuestras rutinas son bien elaboradas, como las de natación sincronizada. Es súper divertido. Pero hoy no tengo ganas de jugar.

—Con permiso —digo sin rodeos, y me levanto de la mesa.

El día se me hace interminable. Matemáticas, ciencia, inglés, estudios sociales, todo se mezcla en mi cabeza, y lo único que puedo recordar es el vestido verde de mi abuelita. Era de un verde brillante, como el césped después de una buena lluvia. Ése era su color favorito.

—Verde que te quiero verde —me decía para que me comiera las verduras. Me decía que eran los versos de Federico García Lorca, un poeta famoso.

—Si no se te pone la cara verde, es que tienes que comer más verduras —decía.

Yo no sólo me las comía, ¡casi le pasaba la lengua al plato! Porque la comida de Abuela, no importaba lo que fuese, siempre era la mejor del mundo. Al menos para mí.

Cuando por fin suena la campana, corro a la salida aunque no estoy segura si alguien me estará esperando. Me quedo parada en la esquina, mirando a todos lados, esperando a ver quién me viene a

buscar hoy. Ayer fue doña Esperanza, la vecina de al lado. El martes fue Lisa, la amiga de Mami de pelo largo y sin maquillaje —¡a veces hasta anda por ahí sin zapatos! ¡Puaj! Lisa me recoge los martes y los viernes, pero a veces se turna con doña Esperanza. Mami nunca viene. Aunque el lunes sí vino a buscarme porque todavía estaba libre por duelo, pero al día siguiente tuvo que regresar al trabajo. Siempre dice, "Si no se trabaja, no se come". Aunque ahora que no está Abuela, tampoco se come mucho que digamos.

—Celeste, ¡cruza, m'ija! —me grita doña Esperanza desde el otro lado de la calle.

—Ya voy —le digo, pero camino sin prisa, como si me dolieran los pies.

—¿Qué te pasó? ¿Te lastimaste bailando o qué?

—Estoy cansada —le digo—. Y ya no estoy en baile.

—Cómete unas tostaditas cuando llegues a casa y verás que te sientes mejor —dice—. Como decía tu abuela Rosa, que en paz descanse: "Barriga llena, corazón contento".

Sigo caminando como si no oyera lo que me dice. Quisiera poderle decir algo, pero no me sale nada.

Cuando nos subimos al carro, doña Esperanza me agarra la mano y me dice —Yo también la extraño mucho.

En el camino imagino que cuando llegue a casa, la merienda me estará esperando en la mesa de la cocina. Abuela siempre me tenía una taza de café con leche calientito y unas tostadas para cuando yo

regresara de la escuela. Pero cuando se enfermó, tuve que aprender a prepararme la merienda yo sola. Ella me enseñó a preparar el café "por medida" para que me quedara bien cada vez.

—Tienes que medir los ingredientes y no hacerlo a ojo —me decía—. De otro modo, un día te puede salir una taza de café bien rica, pero al siguiente, puede que te sepa a agua sucia.

A Abuela le encantaba tomarse su cafecito, aun después de haberse enfermado. Yo se lo llevaba al cuarto y en lugar de darme las gracias, me decía —Celeste, este café te quedó de concurso.

Pero la última vez que se lo llevé, se lo tomó lentamente y en silencio. Creí que no le había gustado, que quizás me había equivocado con las medidas. Pero al terminar me dijo —¡Este cafecito se llevó el primer premio!

Café con leche

2 cucharaditas de azúcar
2 medidas de café cubano o espreso
¼ taza de leche

- Prepara el café bien cargado y deja que cuele sobre las dos cucharaditas de azúcar.

- Calienta la leche en un recipiente aparte, con cuidado de que no hierva.

- Sirve el café azucarado en una taza con platillo. Vierte la leche sobre el café, mezclando bien.

2

CANGREJITOS DE GUAYABA Y QUESO

Después de la merienda me siento a hacer la tarea. ¡Otra vez fracciones! A veces así me veo el cerebro — ¡en partecitas! Un truco que me enseñó Abuela es pensar en las fracciones como en la cantidad de pedazos en las que cortaría un flan: el número de pedazos del flan completo es el que va debajo; y el número de pedazos que me voy a comer es el que va arriba. Sería algo así como $7/8$, porque siempre le dejo un pedazo a Mami.

Están tocando a la puerta. Camino a la ventana de arriba sigilosamente para que no se oigan mis pasos. Corro la cortina un poco para ver quién es. Sólo les puedo abrir la puerta a doña Esperanza y a Lisa, porque ellas saben que estoy aquí sola mientras Mami está en el trabajo. Es el cartero. Ha dejado un paquetito al lado de la puerta. Cuando veo que el camión de correo dobla la esquina, corro a buscarlo.

¡Está dirigido a mí! Aunque no tiene remitente, la letra me resulta conocida. Es una letra elegante y

ligera, inclinada un poco hacia la derecha. El paquete tiene un tamaño raro: es largo y delgado, y no pesa mucho. Me pregunto por un momento si debo esperar a que Mami llegue para abrirlo. Pero como está dirigido a mí, decido no esperar.

Adentro del paquete hay otra caja envuelta en un saco de papel con una nota doblada. De inmediato reconozco la letra. ¡Es de Abuela!

Querida Celeste,

Sé que me extrañas tanto como yo a ti. No estés triste. Donde hay amor, no hay tristeza. Acuérdate que todo llega y todo pasa. Así también se te pasará esta tristeza.

Aunque yo ya no esté allí contigo, hay una manera en que puedes sentir que estamos juntas. Cuando prepares los platos que solíamos comer juntas, detente un instante a sentir el aroma. ¡Te prometo que el primer bocado te transportará a cuando estábamos juntas! Inténtalo cuando me extrañes. Yo sé que va a funcionar.

Recuérdame con amor . . . ¡y sabor!

Tu abuela que te adora,
Rosa

Al desenvolver la cajita encuentro una barra de pasta de guayaba con una nota. ¡Es la receta de los cangrejitos de guayaba y queso que hacía Abuela! Los preparábamos los domingos antes del almuerzo

o cuando nos llegaba visita de momento, porque a nuestra casa siempre nos llega visita sin anunciar. Mis amigas me dicen que eso no pasa en sus casas. Tanto los grandes como los chiquitos tienen que llamar por adelantado y sacar cita. Abuela decía que era como si en vez de visitar a un amigo fueran a ver al dentista. Pero en Cuba, en su isla, lo más divertido de hacer una visita era dar la sorpresa. Yo le preguntaba qué pasaba cuando la gente venía de lejos y no había nadie en casa.

—Se quedaban por ahí, esperando un buen rato por si regresaba la familia —decía—. Y si no había llegado cuando oscurecía, la visita dejaba una nota diciendo que habían hecho el esfuerzo de venir a verlos. La nota era importante, porque así, aunque se hubieran perdido la visita, todavía se llevaban una grata sorpresa al saber que alguien había pensado en ellos y había parado a visitarlos.

Sonrío al pensar que la abuela estaba haciendo lo mismo conmigo.

Cangrejitos de guayaba y queso

1 tubo de 8 onzas de masa de hojaldre refrigerada
 para medialunas
1 caja de 16 onzas de pasta de guayaba
1 bloque de 8 onzas de queso crema

- Precalienta el horno a 350 grados.

- Desenvuelve el tubo de masa para medialunas y corta por la línea de puntos los triángulos premedidos.

- Corta ocho rebanadas de ¼ de pulgada de grueso y 1 pulgada de largo, y colócalas en la base de cada triángulo.

- Corta ocho rebanadas de queso crema, del mismo tamaño, y colócalos sobre las rebanadas de guayaba. Guarda el resto de la pasta de guayaba y el queso crema para otra ocasión.

- Enrolla la masa, comenzando desde la base y sellando las puntas para que no se salga el relleno. Con cuidado, dobla las puntas para darles la forma de cangrejito.

- Colócalos en un molde para hornear, engrasado o cubierto con papel encerado. Hornéalos hasta que se hayan elevado y dorado. De 10 a 12 minutos.

- Déjalos enfriar unos minutos antes de servir.

3

BOCADO SINCRONIZADO

Mami llega de la fábrica cansada, como siempre. Abre la puerta, tira el bolso al suelo, se quita los zapatos y se deja caer en el sillón.

—¡Mami, Mami! ¡Cierra los ojos! —le digo, emocionada.

—Ay, cielo. Estoy tan cansada que si los cierro me voy a quedar dormida aquí mismo.

—No, Mami, cierra los ojos por un segundo —le digo—. Y huele.

La veo cerrar los ojos, y una pequeña sonrisa se le dibuja en los labios.

—Huelo algo maravilloso —dice.

—No los abras todavía —le digo y corro a buscar la bandeja de cangrejitos.

—Ahora —le digo.

Cuando los ve, se le borra la sonrisa de la boca y empieza a llorar. Yo también empiezo a llorar. Coloco la bandeja en la mesita para que no se mojen con las lágrimas y abrazo a mi mamá. Así estamos

un rato. Hasta que nos llega de nuevo el aroma de los cangrejitos y, en silencio, los devoramos. Decido no mostrarle la carta de Abuela. No quiero que se ponga a llorar de nuevo. Además, no me lo creería. A mí misma me cuesta creerlo.

◉ ◉ ◉

Al día siguiente empaco tres cangrejitos para la escuela. Uno para Karen, uno para Silvia y uno para mí.

—Chicas, les tengo una sorpresa —les digo.

Ellas se miran como si les hubiera hablado en chino.

—¿Es que no quieren ver lo que es?

—No es eso —dice Silvia—. Es que nos hablaste.

—¡Shhh, Silvia! —interrumpe Karen—. ¡Claro que queremos ver!

Les muestro los cangrejitos, y Silvia pretende desmayarse.

—¡Qué delicia! —dice—. Como los que hacía tu abue . . .

—Sí, mi abuela —le contesto—. Está bien. Puedes mencionarla. Eso no me va a poner más triste de lo que estoy.

—Lo siento —dice Karen—. Esta tonta.

—Bueno, pruébenlos —les digo.

Las tres nos sincronizamos para morderlos a la misma vez.

Tomamos el bocado de cangrejitos, cerramos los ojos, damos una vuelta, levantamos los brazos como

si hiciéramos el saludo al sol de la clase de yoga en educación física y decimos "Aaaaaahhhhh" con la boca llena. No es muy educado, pero definitivamente es divertido.

—¿Y quién los hizo? —pregunta Karen—. De seguro que no fue tu mamá . . .

Ahora es Silvia la que le da un codazo a Karen. Como si yo no supiera que cuando Mami cocina, los platos saben mejor que la comida.

—Yo los hice —les digo—. Abuela me mandó un paquete con la pasta de guayaba y la receta. ¡Lo recibí ayer!

De inmediato me doy cuenta que he dicho algo que no debí haber dicho. Las dos se miran y luego me miran a mí. Conozco esa mirada. Es como miras a alguien cuando te dice que el ratoncito Pérez le dejó dinero debajo de la almohada. Una mirada comprensiva, pero también llena de lástima.

—¡No me tengan lástima! —les digo, furiosa. Y me voy con mi lonchera vacía.

Tan pronto como doy la vuelta, veo que la pesada de Amanda nos ha estado observando todo el tiempo. Avanza hacia mí, meciendo sus largas trenzas rubias de lado a lado.

—Así que el fantasma de tu abuela te escribe cartas —me dice, burlándose—. Buuuuh. ¡Qué miedo!

—Déjame en paz —le contesto y sigo de largo.

—Cuidado que no te vaya a llevar y deje a tus mamás solitas —dice.

Me doy la vuelta como si me hubieran echado un cubo de agua fría en la espalda.

—¿Qué dijiste?

—Que no vas a querer que tu mamá se quede solita —repite, corrigiéndose.

—Déjala en paz, Amanda —grita Silvia desde el otro lado del salón.

—Gracias, Silvia, pero yo me puedo defender sola perfectamente —le digo—. Y a ti, Amanda, le voy a pedir a mi abuela que se te aparezca de noche y que no te deje dormir.

—Ay, mira como tiemblo —se burla.

Esta vez sí que me voy de largo. Hubiese querido decirle mucho más, pero eso fue lo único que se me ocurrió. Quiero irme a casa y meterme en la cama hasta el verano. Si tan sólo pudiera hibernar, estaría feliz.

4

CONGRÍ

Lisa viene a buscarme a la escuela. No me agrada mucho la idea porque cuando le toca a ella tenemos que caminar. Lisa no tiene carro. Dice que no le hace falta, que con sus dos pies puede caminar y pedalear adonde tenga que ir. Aunque a mí me parece un poco rara, Mami la quiere mucho. Dice que es como su hermana, aunque no se parezcan en lo absoluto. A Mami le gusta maquillarse hasta para ir a buscar el periódico afuera. Siempre está bien peinada y combinada. ¡Y perfumada! Pero Lisa es toda natural. Nunca la he visto ponerse ni una gota de maquillaje, y la ropa que lleva es un poco extraña aunque, a decir verdad, se ve bastante cómoda en su faldona de flores y su camiseta vieja. Mami dice que Lisa no lleva maquillaje porque no lo necesita, y creo que tiene razón. Es muy bonita con su larga cabellera negra que le llega hasta la cintura. En lugar de lápiz de labio, lleva una sonrisa.

—¡Hola, linda! —me grita con entusiasmo desde el otro lado de la calle.

Yo medio le sonrío al cruzar. Hoy no tengo muchas ganas de hablar.

Caminamos un largo rato en silencio. Lisa mira hacia arriba y hacia los lados y sonríe. Es como si recibiera mensajes de los árboles y de los pájaros que sólo ella puede escuchar.

—Tu mami me dijo que habías preparado unos cangrejitos divinos.

—Sí.

—¿Te quedan? Me muero por probarlos.

—No. —Y le lanzo un desafío para ver cómo reacciona—. Pero como Abuela me enseñó a hacerlos *ayer*, te los puedo preparar en cualquier momento.

Espero alguna reacción hacia mi locura, pero Lisa no dice nada. Sigue sonriendo, como siempre lo hace.

—Pues, qué bueno —dice—. Tu abuela sí que cocinaba rico. Qué lástima que tu mamá no haya heredado ese talento.

Las dos nos miramos y nos echamos a reír. Me acuerdo del olor del arroz quemado de la otra noche. Casi todo se había quedado pegado al fondo de la olla. Lisa había llegado a ver cómo seguía Mami y al oler el desastre, se dio media vuelta, se montó en su bici y nos trajo un pollo asado del supermercado y una barra de pan. ¡Nos lo comimos con tantas ganas que no quedó ni una masita en los huesos! Los perros del vecino se quedaron con hambre esa noche.

Una vez en casa, me preparo las tostadas y el café con leche. Le pregunto a Lisa si quiere, pero dice que tiene mil cosas que hacer, pero que pasará más tarde. Mientras espero que cuele el café, reviso la alacena para ver si encuentro algo que preparar para la cena. Hay un par de latas de atún, frijoles, puré de tomate, aceitunas, sardinas . . . En fin, nada. Ojalá que Lisa traiga algo, o será sándwich de atún de nuevo . . . o desayuno para la cena —otra especialidad de Mami. Traducción: cereal con leche.

Después de hacer la tarea de matemáticas, pongo música y empiezo a bailar. Practico algunos pasos, los que me vienen a la mente. Pero al rato se me olvidan y mis pies empiezan a improvisar. Siento las vibraciones de la trompeta en la planta de los pies, como si les hicieran cosquillas impulsando el movimiento. La abuela decía que yo había heredado el ritmo de su gente. Así como mi pelo ondulado y el color café de la piel. Mi maestra de baile está de acuerdo. Dice que ninguna estudiante baila el jazz tropical como yo.

—Lo llevas en la sangre, Celeste —me decía—. ¡Déjalo salir!

Con eso me suelto a bailar como un huracán arrasando con todo lo que atraviesa mi camino. Pero ya no voy a las clases de baile porque el dinero no alcanza.

Me tiro en una silla, exhausta. Pero al mirar por la ventana veo que la banderita del buzón ya no está levantada. De inmediato corro a buscar las cartas.

Entre las cuentas y los catálogos veo un sobre . . .
¡con la letra de Abuela!

Mi querida Celeste,

Espero que los cangrejitos te hayan
quedado ricos. ¿Le gustaron a tu mami?
Desde que era chiquita le encantaban. Yo
nunca le enseñé a prepararlos, aunque ella
siempre me lo pedía. Me daba miedo que se
fuera a quemar. O que le gustara tanto
cocinar que no quisiera estudiar. Yo quería
que ella tuviera una profesión porque yo no
tuve esa opción. En fin, no sé si hice bien o
mal. Pero cuando tú me pediste que te
enseñara a cocinar, pensé que si no lo hacía,
todo ese sabor de nuestra historia se
perdería. Lo único que lamento es que esta
enfermedad no me dejara suficiente tiempo.
Bueno, pero ya sabes lo esencial: tener
paciencia para seguir la receta ¡por medida!
para que te quede igual de rico cada vez. Ya
sabrás cuándo te llegue el momento de
añadirle tu propio toque a la comida.
Mientras tanto, aquí te mando la receta de
congrí, para que te acuerdes de mí.

Te quiero siempre,
Tu abuela Rosa

El congrí era nuestra comida de fin de
semana. Abuela preparaba una sopa de frijoles durante la
semana y usaba lo que quedaba para el congrí.
Cuando no había preparado la sopa, usaba frijoles

de lata. De cualquier forma le quedaba delicioso. Ella decía que durante la colonia, los esclavos haitianos habían llevado el congrí a Cuba, a la región de Oriente de donde era mi familia. En su idioma, los esclavos llamaban a los frijoles "kongo" y al arroz "riz", y de ahí vino la palabra "congrí".

Leo la receta y me doy cuenta de que milagrosamente ¡tenemos todos los ingredientes! Me pongo a cocinar de inmediato para darle la sorpresa a Mami.

Congrí

3 cucharadas de aceite, separadas
3 dientes de ajo, ligeramente machacados
1 cebolla
1 ají verde
1 cucharadita de orégano
½ cucharadita de comino en polvo
½ taza de salsa de puré de tomate
2 tazas de arroz blanco (sin cocinar)
1 lata de 15 onzas de frijoles pequeños colorados
2 cucharaditas de sal
1 hoja de laurel

- Calienta dos cucharadas de aceite a fuego mediano-alto en una cazuela y añade el ajo machado. Sofríelo hasta que se dore, retíralo y, en ese mismo aceite, sofríe el arroz. Revuelve durante 3 minutos hasta que selle. Ponlo aparte.

- Calienta la otra cucharada de aceite en una sartén aparte y sofríe la cebolla picada, el ají, el orégano y el comino por unos minutos. Cuando la cebolla tome color, añade el puré de tomate. Revuélvelo por 2 minutos y ponlo aparte.

- Cuela los frijoles de la lata, reservando el líquido y añadiéndole agua hasta obtener 4 tazas.

- Vierte la mezcla del puré de tomate de la sartén a la cazuela y combínala con el arroz; añade los frijoles, las 4 tazas del líquido de los frijoles y la sal. Cuécelos a fuego mediano-alto hasta que hiervan, revolviendo la mezcla de vez en cuando para que no se pegue al fondo. Una vez hierva, tapa la cazuela y baja la temperatura al mínimo.

- Deja cocinar de 20 a 25 minutos, o hasta que esté listo el arroz. Añade sal y pimienta al gusto.

5

MARIQUITAS

El congrí me quedó de maravilla. Mami y Lisa se chuparon los dedos de lo rico que sabía. Lo único que me pareció extraño es que Mami no me preguntara cómo lo había hecho. Creo que sospecha que es la receta de Abuela porque sabía casi como el que ella hacía. Pero Mami ni lo mencionó. Es que tampoco menciona a Abuela. Es como si Abuela todavía estuviera en su cuarto mirando la novela. O, peor aún, como si nunca hubiera estado aquí con nosotras. Lisa sí la menciona, pero cuando lo hace, Mami cambia de tema.

Ayer fui al supermercado con doña Esperanza porque Mami empezó a trabajar los sábados también. Dice que sin el cheque de seguro social de Abuela, no nos da para cubrir los gastos. ¡Cómo quisiera que no trabajara tanto!

—¿Qué te hace falta, m'ija? —pregunta doña Esperanza.

—Arroz, frijoles, pan —le digo mientras pienso en los pocos platos que sé preparar—. Y plátanos verdes.

—¿Y qué tal pollo? ¿O carne? —pregunta—. ¿O es que Lisa las ha vuelto vegetarianas?

—Lisa no es vegetariana —le digo—. Come pollo.

—Pues un buen pedazo de carne le vendría bien —dice—. Está tan flaca esa mujer que si la agarra un ventarrón, se la lleva bien lejos.

—Yo no sé preparar nada de carne todavía —le digo.

—Todo a su tiempo —me dice mientras pone en el carrito unos paquetes de carne.

Al contrario de Mamá, a doña Esperanza le encanta hablar de mi abuela. Me contó que ella fue la primera persona a quien Abuela conoció cuando se mudó para acá. Como doña Esperanza es puertorriqueña, ella también sentía nostalgia por su isla, como Abuela por la suya. Así fue que entablaron amistad, hablando de la comida y de la gente que habían dejado atrás. Y como eran vecinas, hablaban todo el tiempo. Se sentaban al frente de la casa a tomar café y hablar del vecindario, de la novela, de las noticias, de todo menos de cosas tristes. Al menos yo nunca las oí tristes.

—Estoy aprendiendo a preparar las recetas de Abuela —le digo a doña Esperanza.

—¡Qué bueno! —me dice—. Sabes que tu abuela me había prometido que me iba a enseñar a preparar su famosa "Ropa vieja". Pero entre una cosa y otra, se enfermó y nunca se pudo.

—Pues si me manda la receta, yo se la enseño, doña Esperanza —le digo.

Me le quedo mirando a ver si me mira raro.

—Gracias, nena —me dice—. Me encantaría.

No entiendo por qué los adultos parecen pensar que el que alguien me escriba del más allá sea lo más natural del mundo, mientras que mis amigas, que se pasan los días leyendo libros de hadas y de hechiceros, están convencidas de que he perdido la cabeza. No tiene sentido.

Al llegar a casa se me ocurre pedirle a doña Esperanza que me enseñe a preparar plátanos maduros porque ese plato también es típico de su isla.

—¡Amarillos! —dice—. ¡Claro que sí!

En casa siempre hay plátanos. Verdes, amarillos y negros. Una vez Karen y Silvia estaban en casa y Abuela sacó un plátano maduro para cocinar. Karen pensó que estaba echado a perder y que si se lo comía, se iba a enfermar. La muy tonta no dijo nada hasta que Silvia intentó comerse uno de los plátanos maduros fritos que estaba sobre la mesa. Karen le agarró la mano para que no se lo comiera, pero Silvia ya se lo había echado a la boca. ¡Por poco se atraganta cuando Karen le dijo que era un plátano negro y que se iba enfermar si se lo comía! Cuando le traduje a Abuela lo que estaba pasando, le dio tanta risa que se tuvo que salir de la cocina. Al rato, Abuela les explicó, y yo traduje.

—Cuando los plátanos se fríen verdes, se ponen bien crujientes y se sirven con sal —dijo—. Como las mariquitas y los tostones, que son como mariquitas,

pero más grandes. Y cuando los plátanos pasan de amarillos a negros, es porque están bien maduros. Eso quiere decir que al freírlos van a quedar bien dulces.

—Ay, Celeste, me vas a matar —dijo Karen—. Primero me sirves un plátano negro y después me dices que los verdes están llenos de mariquitas.

A mi abuela le pareció comiquísimo el episodio. Después de reírse un buen rato, Abuela mondó un plátano verde y lo cortó en rueditas. Con la punta del cuchillo les señaló las manchitas negras del plátano.

—Ma-ri-qui-ta —Abuela lo pronunció lentamente.

Karen y Silvia repitieron después de ella.

—*Ladybug* —le dijo Silvia a mi abuela.

Abuela lo repitió, despacito: "Lei-di-bog".

El recuerdo me hace cambiar de idea, y le pido a doña Esperanza que preparemos mariquitas. Aunque yo sé cómo prepararlas, Mami no me deja freír sola porque tiene miedo que el aceite salpique y me queme. Entre las dos, cortamos los plátanos en rueditas bien finitas y doña Esperanza las fríe. Recuerdo a mis amigas hablando con Abuela y me pongo un poco triste. Bueno, el lunes será otro día.

Mariquitas

1 plátano verde
Sal y pimienta
Aceite para freír

- Calienta suficiente aceite para freír en una sartén o una freidora. Si usas una sartén, debes usar como una pulgada de aceite. (¡Dile a un adulto que te ayude a hacer esto!)

- Corta las puntas del plátano y después córtalo a la mitad para que se pueda mondar más fácilmente.

- Monda el plátano y córtalo en rueditas bien finitas, usando el rebanador de un rallador de caja.

- Fríe las mariquitas hasta que se doren por ambos lados. Sácalas y déjalas escurrir sobre una malla o servilletas de papel.

- Sazónalas con sal y pimienta, y sírvelas enseguida.

6

ROPA VIEJA

Es lunes, pero Mami y yo despertamos cansadas, como si no hubiera habido fin de semana. Nos sentamos a la mesa a desayunar: un tazón de cereal, café con leche y tostadas. Mami se toma el café despacito y me cuenta de su otro trabajo, el de los sábados.

—No está mal. Es un grupo divertido y nos la pasamos hablando mientras ponemos las cartas en los sobres. Es fácil y el tiempo pasa rápido.

—Ay, Mami, ¡cómo quisiera que no tuvieras que trabajar tanto!

—No va a ser para siempre, cielo —me dice—. Un par de meses más en lo que me las arreglo para pagar cuentas. Y para que puedas regresar a las clases de baile.

—Yo no necesito clases, Mami. Prefiero que te quedes aquí conmigo.

—Paciencia, hija —me dice en un tono que me recuerda a Abuela—. Todo llega y todo pasa.

Le cuento a Mami que soñé que un pequeño tornado me levantaba unas pulgadas del suelo.

—Yo daba vueltas y vueltas —le digo—, como si estuviera bailando a un ritmo que acelera fuera de control. Hasta que de repente, el viento dejó de soplar y ¡cataplún! me caí al suelo como un mangó maduro. No podía levantarme y empecé a gritar, pero nadie vino. Y ahí me desperté.

—Cielo —me dice con ternura—, siempre estoy cerquita de ti.

—Lo sé.

● ● ●

Cuando llego a la escuela, veo a Karen y a Silvia en el pasillo. Desde lejos parecen un diez perfecto. Karen: alta y flaca. Silvia: bajita y regordeta. Me saludan como si nada hubiera pasado. Bueno, quizás nada pasó.

—¿Qué hiciste el fin de semana? —pregunta Karen.

—Cocinar, ir al supermercado y lavar una pila interminable de platos —le digo. De repente me doy cuenta de que sueno como una vieja. —Bueno, también vi un par de programas en la tele.

—¿Y no fuiste al estudio? —pregunta Silvia.

—No. Creo que no voy a bailar más. Ya no me gusta tanto.

Me miran con asombro. Trato de mostrar indiferencia porque no quiero que se den cuenta que estoy mintiendo. La verdad es que amo el baile

desde que nací. Ellas lo saben porque nunca puedo
esperar en una fila sin bailar. Cuando hay música,
algo dentro de mí se mueve, aunque yo no quiera.

—¿Y ustedes? —les pregunto, cambiando el
tema—. ¿Qué hicieron?

—Me pasé el fin de semana leyendo uno de los
libros de la Sociedad Secreta —dice Karen—. Estaba
tan emocionante que hasta me quedé sin cenar. ¡Se
me olvidó comer!

—Pues, eso no me pasa a mí nunca —dice Silvia,
sobándose la panza—. Hablando de comida,
Celeste, ¿trajiste algo rico hoy . . . como cangrejitos?

—No, lo siento —le digo—. Abuela no me ha
escrito en los últimos días. Así que no sé qué
preparar.

Silvia y Karen se miran por un instante.

—Ay, Celeste, me preocupas —dice Silvia—.
Tienes que aceptar que tu abuela se murió, ya, para
siempre. . . .

Siento una llamarada de rabia adentro de mí y sé
que no estoy en control de lo que estoy a punto de
decir.

—Mira, Silvia, a mí siempre me ha preocupado tu
grandísima panza y la cantidad de caramelos que te
comes al día, y nunca te digo lo que tienes que hacer.
Así que hazme el favor de dejarme en paz.

Inmediatamente me siento horrible por lo que
dije. Pero me tiene harta con sus comentarios. ¿Qué
sabe ella de lo que me está pasando?

🎧 🎧 🎧

El resto del día se me va como una niebla. Entre los perros del vecino que se la pasan ladrando y los sueños extraños, no he estado durmiendo bien. Ahora Silvia y Karen están en una esquina; probablemente murmuran cosas de mí. Y para colmo, veo que la pesada de Amanda viene hacia mí con su sonrisa plástica.

—Celeste, te perdiste las últimas tres clases de baile —dice, corriendo los dedos por su larga cabellera rubia—. Una más y no bailas en el recital.

—Ya no voy a bailar más —le digo—. Así que no te preocupes porque ya no tienes competencia.

—¿Competencia? ¿En serio? ¿Tú te crees que eres *mi* competencia? —dice—. Ay, Celeste, qué mal estás.

—Lárgate de aquí, Amanda —le digo, tratando de esconder la rabia en mi voz.

—No, Celeste, quien se tiene que ir eres tú —me dice—. Regrésate a tu país.

Tengo tanta rabia que no sé qué contestarle. Le doy un empujón, y ella finge caerse al suelo y se echa a llorar. Sé que está fingiendo. Pero si de veras le duele, pues mejor todavía.

◉ ◉ ◉

Me sorprende que Lisa me haya venido a buscar. Al menos puedo ver una cara sonriente en este día de perros. Corro a saludarla, y ella me da un abrazo tan fuerte que casi me tumba al suelo.

—Hola, linda —me dice—.¿Qué tal tu día?

—Ni preguntes.

—Pues, hablemos de algo feliz . . . ¿Qué cocinaste anoche?

—Pollo con mariquitas y una ensalada. Bueno, doña Esperanza me enseñó a sazonar el pollo y Mami frió las mariquitas.

—¡Qué rico! Algo me decía que debía pasar por allá anoche.

—No fue nada especial —le digo—. Además, estamos comiendo tanto pollo que a veces creo que vamos a empezar a poner huevos.

—De seguro que tu abuelita te va a enseñar a preparar otros platos pronto —me dice—.¡Mira todo lo que has aprendido ya!

Me quedo con la boca abierta. ¿Cómo lo sabe? Pienso por un segundo que quizás ella ha estado escribiendo las cartas. Pero no puede ser. Estoy segura que es la letra de Abuela.

—Yo creo en esas cosas, Celeste —me dice, sospechando mi sorpresa—. Cuando las personas mueren, hay algo que se queda aquí con nosotros . . . y nos sigue hablando y enseñando cosas.

La escucho, pero no sé qué pensar.

Desde la esquina oigo los ladridos. Nunca sé si los perros del vecino me están saludando o advirtiéndome que no me acerque. Yo los miro de lejos, pero Lisa mete la mano por la reja y los acaricia. Ellos se calman como por arte de magia y le lamen las manos. Yo, por si acaso, me meto las manos en los bolsillos. Ahí están seguras.

Al llegar a casa veo que el cartero ya ha traído la correspondencia. Entre las cuentas y anuncios hay

un sobre blanco escrito a mano y sin remitente. ¡No tengo que abrirlo para saber que es de Abuela!

Mi querida Celeste,

Estoy un poco cansada, pero sé que pronto voy a descansar. No quiero despedirme sin antes decirte que tú y tu mami me han hecho tan feliz. Tu mami, tan leal, tan cariñosa conmigo y tan dedicada contigo . . . Dile que estoy muy orgullosa de ella. Y de ti también, mi nieta querida. De tus buenas notas, tu dedicación al baile, tu interés en los cuentos de antes y, sobretodo, de tu buen corazón.

¡Cómo me gustaría ayudarte a preparar estas recetas! Pero sé que tú ya puedes. Y también sé que cuando no puedas, sabrás pedir ayuda. ¡Nunca dudes en pedir ayuda! A la mayoría de la gente le gusta ayudar. Recuérdalo siempre.

Aquí te copio mi receta para Ropa vieja que tanto te gusta. Ya verás qué fácil es. (Y no le tengas miedo a la olla de presión, ¡no va a estallar!)

Tu abuela que te adora,
Rosa

La carta de Abuela me pone un poco triste. Me pregunto si será la última. Pero me repongo y llamo a doña Esperanza para darle la noticia. Después de

todo, ¡ella ha estado esperando esta receta durante años!

—¡Me llegó! —le digo—. ¡Por fin me llegó!

—¿Qué te llegó? —me pregunta, confundida.

—La receta de Abuela . . . ¡para Ropa vieja!

—Voy para allá ahora mismo —me dice y cuelga el teléfono.

En la cocina, empiezo a juntar los ingredientes ¡pero me faltan tantos! Ni siquiera tenemos carne, que es lo esencial. Esto sí que va a ser un plato de pobre.

Al poco tiempo llega doña Esperanza con un bolso lleno de cosas: carne, salsa de tomate, ajíes, ajo, comino . . . ¡Es un supermercado ambulante!

—Déjame ver —me dice, arrancándome la carta de las manos.

Me encanta verla así, casi tan emocionada como yo.

Entre las dos empezamos a cortar las verduras. A mí me toca la cebolla y, como siempre, me echo a llorar. Pero esta vez no son sólo lagrimitas de cebolla. Lloro por mi abuela, porque la extraño, y por mis amigas, porque no me entienden. Y por Mami, porque no está aquí con nosotras.

—¿Qué te pasa, m'ija? —me pregunta doña Esperanza—. ¿Es la cebolla?

—Sí y no —le digo—. Hay una chica en la escuela que me está haciendo la vida imposible. Y para colmo, desde que empezaron a llegar las cartas de Abuela, mis amigas me tratan como si estuviera loca.

—Y tú, ¿qué crees? ¿Crees que te estás volviendo loca?

—A veces no sé —le digo, limpiándome la cara con un paño de cocina—. Me gusta que mi abuela me escriba . . . pero también es un poco raro.

—Yo que tú, no me preocuparía mucho —dice mientras deja descansar el cuchillo por un instante—. Como decía tu abuela, "Todo llega y todo pasa". Yo que tú, disfrutaría las cartas sin preocuparme tanto de cómo llegaron.

Me arden los ojos. Esta vez por la cebolla. Doña Esperanza la termina de cortar y yo me pongo a picar el ajo. Huele fuerte, pero al menos no me hace llorar.

Al rato llega Mami y se sorprende al ver a doña Esperanza en plena faena en nuestra cocina.

—¿Y esta sorpresa? —dice, mirando bailar la válvula de la olla de presión.

—Ropa vieja —le contesto—. Estará lista como en media hora.

Mami se sienta a la mesa y nos mira cocinar. Pero el descanso termina pronto. A los pocos minutos, doña Esperanza se quita el delantal y se lo pone a mi mamá en la cintura.

—Vente, Rosita, para que nos ayudes con el sofrito —le dice—. Es lo más importante.

Veo que Mami quiere protestar, pero doña Esperanza le pone el ajo en la mano para que se lo eche al aceite caliente.

No quiero que se me note para no romper el hechizo, pero por primera vez en este día me siento feliz.

Ropa vieja

3 cucharadas de aceite de oliva, separadas
2 libras de carne de falda
1 lata de 8 onzas de salsa de tomate
½ taza de caldo de res
1 cucharada de sofrito preparado
2-4 dientes de ajo picado
2 hojas de laurel
1 cebolla cortada a la mitad y rebanada
1 ají verde picado
½ taza de aceitunas (rellenas de pimiento, enteras)
Sal y pimienta a gusto
Rodajas de limón verde (opcional)

- Cubre el fondo de una olla de presión con dos cucharadas de aceite de oliva y calienta a fuego alto. Dora la carne por ambos lados. Inmediatamente después, llena la olla de agua hasta que cubra completamente la carne. Cierra la olla de presión completamente y cocina bajo presión estable de 30 a 40 minutos.

- Mientras tanto, aparte, prepara el sofrito en una sartén grande precalentada a fuego medio. Después de cubrir el fondo de la sartén con el resto del aceite de oliva, añade la cucharada de sofrito preparado y el ajo. Cocina, revolviendo constantemente, durante 1 minuto. Agrega la salsa de tomate, el caldo de res y las hojas de laurel, y cocina durante 1 minuto adicional, revolviendo de vez en cuando. Sazona con sal y pimienta y agrégale un chorrito de aceite de

oliva por arriba. Deja que cocine a temperatura mínima mientras se cuece la carne.

• Después de 40 minutos de haber cocinado la carne a presión estable, quita la olla de presión de la hornilla y déjala reposar hasta que haya perdido la presión por completo. Esto toma alrededor de 15 minutos.

IMPORTANTE: Llama a un adulto para que abra la olla de presión, ya que el vapor puede quemar.

• Saca la carne y colócala en una bandeja o plato grande —guardando el líquido. Quítale cualquier pellejo o grasa y desmenúzala usando dos tenedores.

• Añade la carne desmenuzada y el líquido de la olla de presión al sofrito, junto con la cebolla, el ají y las aceitunas, mezclando bien. Si la carne no está completamente cubierta por la salsa, añade un poco más de caldo de res, según sea necesario. Cubre la sartén y mantenla a temperatura mínima durante 20 minutos. Ajusta la sal y pimienta, si es necesario.

• Sirve sobre arroz blanco o congrí acompañada de una rodaja de limón verde (opcional).

MALENTENDIDOS

Mami y yo caminamos juntas a la escuela. En silencio. Yo camino despacio mirándome los pies. Mami ha pedido permiso del trabajo para llegar unas horas tarde. Dice que recibió un mensaje del director de la escuela que necesitaba vernos lo más pronto posible. Creo que sé de qué se trata, pero no se lo digo a Mami. Tengo un poco de vergüenza.

Cuando llegamos a la oficina del director, Silvia y su mamá están allí. Ya sé con certeza por qué estamos aquí. Pero Mami parece sorprendida.

—Hola, Rosa —le dice la mamá de Silvia a mi mamá en un tono sobrio—. Siento tanto tu pérdida.

Mami le da las gracias por el pésame y se sienta a su lado en silencio.

El director nos llama a su oficina.

—Bueno, ustedes saben por qué están aquí —nos dice a Silvia y a mí—. Pero quizás sus madres no lo saben . . . ¿Quién les quiere contar lo que pasó?

Yo no dejo de mirar mis zapatos. Quisiera hacerme invisible y ponerle una cinta adhesiva a la boca de Silvia para que no hable.

—Celeste me llamó gorda —dice—. Me señaló la panza y dijo que era enorme, ¡enfrente de todos!

—¡Eso no es cierto! —protesto—. Sólo dije que me preocupaba que comieras tantos caramelos.

—¡Mentirosa! —grita.

—Bueno, bueno —interrumpe el director—. A ver, Celeste, ¿por qué le dijiste que te preocupaba su dieta?

—Es que me tienen harta, ella y Karen, ¡tratándome como si estuviera loca!

El director se queda callado, como si esperara una explicación. Pero ninguna de las dos dice nada.

—Ustedes saben que en esta escuela no tenemos ninguna tolerancia para la intimidación —dice finalmente el director—. Y herirle los sentimientos a otra persona ¡a propósito! es intimidación. Además, Celeste, ésta no es la primera queja que recibimos de ti. También empujaste a Amanda tan fuerte que tuvo que ir a la enfermería. Ese tipo de quejas no se pueden pasar por alto.

Nadie habla. Nos quedamos en silencio durante lo que parecen ser horas. Finalmente habla Silvia.

—Yo vi lo que pasó con Amanda —dice—. Celeste no la empujó fuerte. Además, después de lo que Amanda le dijo, yo probablemente hubiera hecho lo mismo.

—¿Y qué fue lo que te dijo, Celeste? —me pregunta el director.

—Yo le dije que se largara y me dejara en paz, y ella me contestó que quien tenía que irse era yo . . . que regresara a mi país.

El director mira a Silvia como para corroborar mi historia. Yo bajo los ojos, no tanto por vergüenza, sino porque no quiero ver los de Mami.

—Pues, de Amanda me encargo yo —dice—. ¿Y lo que le dijiste a Silvia?

—No lo quise decir, pero estoy tan cansada de que mis propias amigas no crean lo que me está pasando. . . .

—Yo sólo quería ayudar a Celeste —dice Silvia—. Sé que es triste que su abuela se haya muerto, porque ellas eran muy unidas, pero ella dice que su abuela le escribe cartas y la enseña a cocinar por correspondencia.

Yo la miro como si hubiera revelado el mayor secreto del universo. La quisiera fulminar con la mirada. Aunque no me doy vuelta, presiento que Mami me está mirando como si tuviera mil preguntas.

—¿Es cierto que dijiste eso, cielo? —pregunta Mami.

—Sí, ¡pero es la verdad!

De repente todos me miran como si hubiera dicho que los extraterrestres se han apoderado de la escuela.

—¡Claro que mi abuela me escribe! —le digo a Mami en español—. ¿Cómo crees que aprendí a preparar los cangrejitos y el congrí?

—Pero, Celeste, mi amor, los muertos no pueden escribir cartas —me contesta, cambiando al inglés.

—Te las puedo mostrar cuando lleguemos a casa. . . . Las tengo todas en mi mesita de noche. Yo no te lo quería contar para que no te pusieras triste.

Todas nos quedamos en silencio. Creo que están esperando que diga algo, que pida disculpas o algo por el estilo. Lo hago, pero sólo por lo que le dije a Silvia. Por lo otro, no puedo decir que lo siento ¡porque no he hecho nada! Si estoy en este lío es por haber dicho la verdad.

—Lo siento —le digo a Silvia—. No fue mi intención hacerte sentir mal.

—Está bien —me dice—. Pero déjate de esos cuentos de espíritus que me dan un miedo terrible.

Silvia se me acerca y nos abrazamos. Luego le explicaré que no son cuentos. Por el momento, lo único que quiero es salir de aquí.

—Pues cuando resuelvan el misterio de las cartas del más allá —dice el director—, por favor, déjenme saberlo, porque el cuento está interesantísimo. Pero ahora váyanse a sus clases porque los espíritus no les van a hacer la tarea.

Mami se despide con un beso, pero la veo confundida. Vamos a tener mucho de qué hablar esta noche.

8

PEDIR AYUDA

Lisa vino a buscarme y le cuento lo que pasó. Dice que tengo que enseñarle las cartas a Mami. Que aunque Mami no crea en esas cosas, la evidencia la va a hacer creer. Al frente de una de las casas que pasamos en nuestro recorrido han crecido unas florecitas blancas. Parece como si los arbustos estuvieran cubiertos de mariposas. Lisa recoge un ramo pequeñito y me lo da.

—Pero, Lisa —le digo, en protesta—, ¡no son tuyas!

—¡Shhh! —dice colocándome el dedo sobre los labios—. Hoy tú necesitas las flores más que ellos. Si nos dicen algo, yo se lo explicaré.

Las flores son hermosas.

—Sencillas y silvestres —pienso—, como Abuela.

De repente siento un escalofrío. Pienso por un instante que no caminamos solas.

Esa tarde me pongo a pensar en algo que escribió Abuela en su última carta: *"A la mayoría de la gente le gusta ayudar"*. ¿Se referiría a doña Esperanza? ¿A Lisa? ¿A Mami? También Silvia había querido ayudarme. ¿Y si yo no quiero ayuda? Nadie me puede ayudar con lo que quiero: que Mami no trabaje tanto y que yo pueda de algún modo regresar a las clases de baile. Para el resto me las arreglo yo sola bastante bien. No tengo que andar mendigándole a nadie. Yo no soy así.

Oigo la puerta de la calle, y me asusto porque no espero a Mami hasta tarde. Hoy, sin embargo, ha llegado a casa temprano.

—¡Mami! —grito y corro a darle un abrazo.

—Cielo, ¿qué tal el resto de tu día? —me pregunta.

Hace tanto que no la oigo preguntarme eso que no sé qué contestar. —Bien —le digo—. Sin dramas.

Mami nos prepara el café con leche y yo, sin preguntar, pongo a tostar el pan. Es casi como era antes, cuando estaba Abuela.

—Tenemos que hablar, Celeste —me dice sin mirarme. Le pone azúcar al café y lo revuelve muy lentamente como si recitara un encantamiento.

—Lo sé.

Subo a mi cuarto para buscar las cartas. Las había colocado en una caja vacía de chocolates con la esperanza de que algún día estuviera llena. Pero sospecho que no me llegarán muchas más. Coloco la caja sobre la mesa de la cocina.

—Aquí están todas.

Mami abre la caja con cuidado y examina el primer sobre. Comienzan a correrle lágrimas por las mejillas. Pero creo que sonríe también.

—No sé cómo lo hizo —le digo, señalando el matasellos—. Pero la verdad es que estas cartas me quitaron un poco de la tristeza que estaba sintiendo.

Mami saca la primera carta y la lee en silencio. Sin tomar un sorbo de café, hace lo mismo con las otras. Cuando termina, las guarda en la caja y me mira.

—¿Crees que habrá más cartas? —me pregunta.

—Ojalá.

Nos comemos las tostadas como lo hacía Abuela: mojando los pedazos en el café hasta que se derrite la mantequilla.

—Mami, ¿qué crees que quiso decir Abuela con que a la gente le gusta ayudar?

—Ella siempre decía eso, que a todos nos cuesta mucho más pedir ayuda que darla.

Me quedo pensando en esto mientras termino la merienda. Creo que sé lo que Abuela quería decirme. . . .

◉ ◉ ◉

Apenas termino, corro a mi escritorio a buscar el número de teléfono de mi maestra de baile. Tengo un poco de miedo de que no me vayan a salir las palabras. O que me vaya a decir que no. Pero estoy decidida a hacerlo.

"A la mayoría de la gente le gusta ayudar", me repito como si fuera un mantra.

De todos modos, que me diga que no es lo peor que puede pasar.

—¿Miss Robyn? Habla Celeste. —Me tiembla un poco la voz—. ¿La interrumpo?

—¡Qué sorpresa oír de ti, Celeste! —me dice Miss Robyn—. Te hemos extrañado mucho. ¿Cómo sigue tu abuela?

—Falleció hace unas semanas.

—¡Cuánto lo siento! No lo sabía.

—Ya no estoy tan triste, aunque sí la extraño mucho.

—A ella le encantaba verte bailar. ¿Cuándo vas a regresar a clase?

—Bueno, por eso la llamo. Me encantaría regresar, pero mi mamá no puede pagarme las clases por ahora. . . .

—Cuando estés lista, Celeste, sabes que siempre tengo un espacio para ti.

—Bueno, yo estaba pensando que quizás podría conseguir un trabajo —le digo, tímidamente.

—Pero, Celeste, eres demasiado joven para trabajar.

—Pues, quería preguntarle, bueno . . . quizás, si pudiera ayudar con la clase de los chiquitos —le digo—, como trabajo.

Siento un poco de vergüenza al decirlo.

—¡Qué buena idea, Celeste! ¿Cómo no se me había ocurrido antes? ¡Claro que sí! Puedes ser mi ayudante con los chiquitos a cambio de tomar tus clases.

—¿De veras? —le digo, sorprendida.

—Pero tienes que pedirle permiso a tu mamá.
Dile que me envíe una nota diciendo que está de
acuerdo con este arreglo.

—¡Por supuesto! Y muchas gracias. No sabe
cuánto significa para mí.

—Gracias a ti por proponérmelo, Celeste. Me da
mucho gusto poder ayudar.

Abuela tenía razón. *"A la mayoría de la gente le
gusta ayudar"*.

FLAN

Mi querida Celeste,

Se me está acabando el tiempo pero no quiero dejarte con un recuerdo salado o agrio, sino con uno dulce. En la vida probarás muchos platos, algunos ricos y otros no tanto. Algunos serán tan picantes que te harán llorar del ardor y otros tan exquisitos que recordarás su dulzura para siempre. Así ha sido mi vida: dulce, amarga, a veces perfectamente sazonada, otras demasiado salada o completamente insípida. Pero cuando pienso en ti y en tu mamá, los recuerdos que me llegan son todos dulces. Así quiero despedirme de ti, para que cuando pienses en mí, sea un recuerdo dulce el que te quede.

Aquí te copio mi receta del flan que tanto te gusta. Cuidado al hacer el caramelo: Cuando el azúcar comienza a derretirse hay que trabajar rápido y con atención porque si

no, o se te quema el caramelo o te quemas
tú. Y no lo apures. Todo lo bueno, toma
tiempo. Cuando esté listo el flan, déjalo
enfriar toda la noche. Al otro día, antes de
sentarte a comer, ponle un mantel a la mesa
y una florecita en un florero. Saca una
servilleta de tela y un plato de loza. Y
siéntate entonces a disfrutarlo con calma.
Cuando te lleves esa primera cucharada a la
boca, bañada en caramelo, cierra los ojos y
aspira el aroma. En ese instante, yo estaré a
tu lado.

   No estés triste, mi cielo querido.
Recuérdame con amor . . . ¡y sabor!

Tu abuela que te adora,
Rosa

Las manos me tiemblan al leer las últimas líneas.
Sé que lo que tengo entre ellas es la última carta de
mi abuela. Pienso que lo que me queda de ella es
sólo un puñado de recetas. Pienso que tampoco
llegaré a saber cómo le hizo para enviarme las cartas
después de haberse ido. Pienso que por más que
practique, la comida nunca me va a quedar como la
de ella. De repente me parece oír su voz
susurrándome al oído: *"Recuérdame con amor . . . ¡y
sabor!"* ¡Por eso me había enviado las recetas! El
café, los cangrejitos, el congrí, la Ropa vieja . . .
habían sido como hechizos, para que cada vez que
preparara la comida, Abuela pudiera estar de nuevo
conmigo.

Cuando Mami llega del trabajo le muestro la
carta. Ella se pone triste y yo la dejo llorar. Pero al
rato se me ocurre una gran idea, algo que a mi
abuela le hubiese encantado.

—Mami, Abuela nos pide que la recordemos con
sabor, ¿verdad?

Ella asiente, pero no dice nada.

—¡Ya entiendo! —le digo, entuasiasmada—.
Piensa en las recetas que me envió . . . ¿Qué tienen
en común?

—Que eran tus favoritas. . . .

—¿Y qué más?

—No sé, ¿que son de Cuba?

—Sí, pero no sólo eso . . . Si las juntas, ¡tenemos
una cena! Mira, Aperitivo: cangrejitos. Plato
principal: Ropa vieja. Acompañamientos: congrí y
mariquitas. Postre: flan. ¿No te das cuenta? Abuela
quería que hiciéramos una cena . . . ¡para recordarla!

Las lágrimas de Mami desaparecen y veo la
magia de mi abuela en función.

—¡Es una idea fantástica! —me dice—.
Hagámosla este mismo fin de semana.

—Pondremos la mesa bien elegante: con un
mantel fino, flores y velas, como le gustaba a ella
—le digo—.¡Y con música de fondo!

—Invita a tus amiguitas, cielo.

—¡Y a Lisa y a doña Esperanza! —le digo—.
Quiero que sea una verdadera celebración.

Flan

1 taza de azúcar
1 huevo entero
5 yemas de huevo
1 lata de 12 onzas de leche evaporada
1 lata de 14 onzas de leche condensada
1 cucharada de vainilla

- Precalienta el horno a 350 grados.

- Para hacer el caramelo, ¡sigue mi consejo y busca a un adulto para que te ayude con esta primera parte! Vierte el azúcar en una cacerola gruesa —o directamente en un molde redondo de metal donde hornearás el flan— y cocina a fuego medio-alto, sin revolver. Una vez se haya disuelto el azúcar, sube la temperatura a mediana-alta hasta que el caramelo oscurezca. Retíralo de la estufa y viértelo inmediatamente en el molde para hornear, haciéndolo girar para que el caramelo cubra todos los lados del molde. Déjalo enfriar.

- Separa las yemas de 5 huevos, guardando las claras para otro uso. De nuevo, un adulto te puede ayudar con esta parte.

- En un recipiente aparte, mezcla el huevo entero con las 5 yemas. Puedes usar un batidor de mano o eléctrico, pero siempre asegurándote de no batir demasiado.

- Añádele la leche evaporada a los huevos, mezclando, y luego añade la leche condensada, incorporando todo bien. Agrega la vainilla, revolviendo la mezcla. Vierte la mezcla en el molde preparado con el caramelo y cubre ligeramente con papel de aluminio.

- Coloca el flan sobre otro molde más grande y agrégale agua hasta que alcance hasta la mitad del molde del flan, para hornear en baño de María. (Es una buena idea colocar ambos moldes en el horno antes de añadir el agua y entonces usar una jarra con agua para preparar el baño de María, así no se derrama de camino al horno.)

- Hornéalo en el horno precalentado durante 45 minutos. Apaga el horno, quítale el papel de aluminio y deja que el flan termine de cocinar durante 15 minutos más.

- Con cuidado, saca el flan del baño de María y del horno, y deja que se enfríe. Después de una hora, pon el flan en el refrigerador y déjalo enfriar completamente durante un par de horas o, preferiblemente, durante la noche entera.

- Cuando esté listo para servir, corre un cuchillo alrededor del borde del flan. (¡Va a estar pegado, así que mejor le pides a un adulto que te ayude con esto!) Busca un plato grande con borde para que no se derrame el caramelo. Coloca el flan sobre el plato invirtiéndolos con cuidado, hasta que caiga el flan.

10

CENA EN FAMILIA

La mesa está puesta con velas, claveles rojos y un mantel amarillo. Cada servilleta está decorada con una ramita de romero, como solía hacer la abuela para las cenas especiales.

"Una buena mesa necesita color y olor, aun antes de que llegue la comida", decía. *"Hay que escogerlo todo con atención: no escojas flores que tengan un perfume fuerte para que no compita con la comida. Por eso, los claveles son perfectos: dan color y no mucho olor. Para verdor, añade algunas hierbas: la albahaca, el romero y el tomillo del jardín servirán de complemento a casi cualquier plato. Recuerda: todo tiene su función"*.

Hay una bandeja con cangrejitos bien pequeñitos y, al lado, una barra de pan caliente envuelta en una servilleta blanca de té. Doña Esperanza está en la cocina friendo los plátanos. El congrí y la Ropa vieja están en el horno para mantenerlos calientitos hasta que estemos listas para cenar. Mami trae una

ensalada de lechuga y tomate al comedor. Se ve hermosa en su vestido azul, como el color del océano. Lisa corta un capullito de clavel y con un imperdible de bebé se lo prende a Mami del vestido.

Karen y Silvia llegan con una canasta de frutas: una piña rodeada de peras, manzanas y mangós. Mami les da un abrazo y coloca la canasta sobre la mesa. Ahora sí que nuestra mesa parece una pintura. Un verdadero banquete.

Nos sentamos todas a la mesa: Mami a la cabeza, Lisa y doña Esperanza a un lado y Karen y Silvia al otro. Yo traigo una silla de la cocina y me siento entre mis amigas, dejando el otro extremo de la mesa libre para Abuela, porque yo sé que ella está aquí con nosotras.

—No me digas que esperas que se aparezca tu abue . . . —dice Silvia, pero Karen le mete un codazo no muy sutil.

—No —le digo—. Sólo quería dejarle un lugar especial, porque sé que ella nos está mirando.

—Menos mal —dice Silvia—, porque primero las cartas y luego un fantasma que viene a cenar, ¡me vas a matar del miedo!

—Pues a mí nunca me dieron miedo las cartas —le digo—. Al contrario, me hicieron sentir mejor. Aunque todavía me pregunto cómo lo hizo, pero me temo que nunca lo voy a averiguar.

—Yo te lo puedo decir —dice doña Esperanza.

Todas la miramos, asombradas.

—Tu abuela me dejó un paquete de cartas selladas dirigidas a ti unos meses antes de morir. Me

dijo que te las enviara después que se fuera, cada cinco días, para que cada semana te llegara una nueva. Ella creía que así podría ayudarte a sentirte menos triste.

Me quedo con la boca abierta. Jamás hubiera sospechado que era doña Esperanza quien las enviaba. Pero ahora todo tiene sentido: la frecuencia de las cartas, la ida al supermercado a comprar los ingredientes, la ilusión de que una de ellas incluyera la receta de Ropa vieja . . . De algún modo me siento agradecida de que no me lo hubiera dicho antes.

—Gracias, abuelita —digo bien bajito—. Tu plan funcionó.

La bandeja de cangrejitos pasa de mano en mano y en unos minutos está vacía. Doña Esperanza nos cuenta de la vez que mi abuela y ella se fueron de compras y el carro se les dañó de regreso.

—Como ustedes sabrán, en esos días no había teléfonos celulares, así que tuvimos que caminar ¡y estábamos lejos! —dice—. Y a Rosa se le ocurre que podemos pedir pon. ¡Imagínense a dos viejas pidiendo que se pare un carro extraño para llevarnos!

Lisa, que se acababa de llevar el vaso de limonada a la boca, estalla de risa rociando la mesa. Todas nos reímos del cuento de doña Esperanza, de las carcajadas de Lisa y de los recuerdos de mi abuela. Mami y Lisa empiezan otro cuento sobre Abuela, y Silvia pretende que su cangrejito va a morder a Karen, y se retuercen de la risa. Sin que nadie se dé cuenta, yo cierro los ojos tratando de

grabar este momento en mi mente para así guardarlo para siempre: el sonido de la risa, el olor a romero, la textura del mantel, el color de las flores, el sabor de la guayaba y el queso fundidos y, sobretodo, la presencia de Abuela. Quiero recordarlo todo, *con amor ¡y sabor!*